Puertas en la cabeza

Marina del Río

FINALISTA

V CONCURSO INTERNACIONAL DE NOVELA

CONTACTO LATINO

Puertas en la cabeza
Todos los Derechos de Edición Reservados

Pukiyari Editores

ISBN-10: 1-63065-083-8
ISBN-13: 978-1-63065-083-4

PUKIYARI EDITORES
www.pukiyari.com

"Ver morir los sueños y mantenerse de pie
parece valiente.
Verdaderamente valiente es ver los sueños de pie
mientras morimos".
—Marina del Río

ÍNDICE

A manera de prólogo

Importa que el nombre de las cosas sea el apropiado.

Escuché a un escritor decir en cátedra –y a otros repetir– que la lucha de las mujeres por su libertad era tema de novela agotado, que la cuestión de género había concluido, las mujeres habían tomado la palabra y el papel (bastaba ver las flamantes escritoras) y además el bastón (bastaba ver a las presidentes en función).

Puertas afueras, pensé. Adentro de la casa y de su cabeza, la mujer aun no ejerce una libertad plena. Sus esclavas interiores continúan combatiendo a brazo partido para abrir la puerta y salir a jugar.

El discurso de aquel hombre golpeó mi puerta.

Este libro cuenta la historia de cien mujeres –o cien historias de una mujer–que luchan por reinventarse y dignificarse, puertas adentro y afuera de su cabeza.

Marina del Río

PRIMERA PARTE

CAPÍTULO 1

Hubo una noche en que una mujer, en estado de hipnosis y en camisón, abrazó su almohada contra el pecho, se prendió de un cuaderno y un lápiz y caminó desde la pieza del fondo de su casa hasta la puerta de salida. Avanzó como si fuera un campo minado. Atravesó galerías en sombras, tanteó marcos y paredes, y esquivando muebles llegó al *living*. Giró alrededor de una mesa ratona durante horas, como si estuviera enjaulada dentro de un pozo. Al paisaje que la encerraba lo reconocía sin luz: techos altos, paredes cargadas de cuadros, fotos, espejos, cientos de libros y una piel de puma muriendo sobre el suelo. Las vigas de quebracho sostenían recuerdos que la acechaban.

Deambuló en círculos hasta que creyó alcanzar los bordes del pozo. Miró la puerta trabada con un barrote de hierro, avanzó hasta un escritorio donde descansaban dos llaves, la de la puerta de escape y otra nueva de color plata. Aferrada a la almohada que nunca desabrazó, levantó la traba, rotó la llave de bronce y salió al túnel de la noche. Semidesnuda y errabunda siguió los únicos pasos que habitaban la vereda, sus propios pasos; necesitaba trazarlos rectos para recorrer con rapidez la distancia que la separaba. ¿Adónde iba? ¿Lo sabía? Cerró la puerta de su casa y de su familia. ¿Por qué se alejaba en medio de la madrugada y de calles desoladas? Nada la detendría, una fuerza centrífuga la expulsó y no medía las consecuencias.

Su andar no crujía; tal vez las baldosas enmudecían para ocultarla. Ni un perro circunstancial acompañaba a esa figura liviana y fantasmal sobrevolada por la seda de su camisón. Prendida al escudo del cuaderno fue dejando detrás su pasado.

Se detuvo ante una puerta gris, seria y alta, que sí parecía comprender la gravedad de los sucesos.

Aflojó el puño, desenlazó el llavero y, como si hubiera sido un gesto practicado, introdujo la llave plateada sin dificultad y entró.

¿Había proyectado ese escape? ¿Soñó esa huida? Sus movimientos exactos parecían el producto de repetidos ensayos, pero ella no sabía de dónde llegaban las energías que trazaban su mapa.

Yo, en cambio, desde que la vi salir a la calle y la vi internarse en el túnel de la oscuridad, sola, descalza, casi desnuda, translúcida, sabía que no dejaría de seguirla. Una vez que una persona entra en mi mente no la saco con facilidad. Necesitaba entender, los humanos tenemos esa maldita costumbre de descifrar el mundo, de querer comprenderlo todo.

Aun camina en mi cabeza esa línea vertical de mujer avanzando sobre la tierra horizontal, como una cruz invertida. Tal vez sea la imagen satelital nocturna de los humanos, o nuestra imagen a los ojos de los dioses.

Ella estaba confusa; no recordaba que noche tras noche empujaba la puerta del dormitorio matrimonial y se exiliaba en el cuarto vacío del fondo de su casa. Tampoco sospechaba que esos carreteos serían el preludio de una fuga, y aunque minimizara aquellas madrugadas de insomnio y delirio era necesario traerlas a la historia; componían el pasado reciente al que debíamos volver.

Sucedía de este modo: durante horas permanecía rígida sobre sábanas de cemento y una vez que se convencía del desvelo cargaba el cuaderno y planeaba al sur de su casa. Eso fue lo primero que llamó mi atención, su revoloteo como pájaro encerrado y ciego chocando las paredes.

La precaución de tener a mano lapicero y papel la adoptó poco tiempo atrás, en febrero, tras una seguidilla de noches dislocadas donde las imágenes detonaban en su cabeza y no podía conectarlas; se le disparaban, hundían las paredes de su cuarto como si fueran de tela, y no conseguía atraparlas. Entonces ella se escondía tras el telón del silencio y la oscuridad, y lograba que su esposo y los hijos no la descubriesen con los ojos ahuecados vagando por el fondo de la casa. Quería evitar que las miradas inquisidoras avistaran al espectro de la locura que la merodeaba.

En ese estado caótico descubrió que al escribir las ideas se enlazaban. Anárquica, gestó un diario. Fue a las cuatro de la mañana, hora de las metamorfosis y las lechuzas. Con ojos de miel y mirada de búho borroneó las primeras siluetas de las sombras:

"*¿Qué importan las esferas y los cuadrados si no tiene forma la sinrazón? ¿Qué marcan las agujas en el tiempo derretido de Dalí? ¿Qué ayer o mañana si todo es ficción en el absurdo calendario humano? Si el universo es caos o es orden, ¿a quién carajo le importa si vivimos en un fragmento donde convergen ambos? ¿Interesa quién te ayude al ocaso y quién a la gloria? Solo estrangulo saliva de fango y alimento un mugroso pantano. ¿Valió la pena sentarme en la ladera para ser peldaño? Estoy detrás, donde habitan los muertos, entre púas de tierra y algodones de acero. Quiero estar a solas y no me animo a decirlo. Me quedo mordiendo miedo entre las muelas. Creo que el miedo muerde mis muelas. ¿Y si los ovarios me dieron vuelta y se puso todo de cabeza? Pero mi cabeza no camina y mis pies no piensan. ¿Y ahora cómo avanzo? ¿O la cuestión es no moverse?*".

CAPÍTULO 2

Esa mujer no intuyó que las palabras que golpeaban su mente la expulsarían de su casa; era difícil presagiarlo para ella y para cualquiera, porque regresaba de un viaje familiar de descanso que abarcó todo el mes de enero.

Durante esas vacaciones navegó sobre olas de ocio, en mañanas saladas y repetidas de solymar, lecturasbaladíes, charlasvacías, juegosdepelota, tardesdemate, pieltostada, crepúsculosadmirados, miradasperdidas, bronceadoresamansalva, comprasdepavadas, alcoholessinculpas, cenasexcedidas, sandwichesconarena, fotosencolores, amigasdepaso y horóscopoenlaplaya, donde sí hubo un detalle que predijo el futuro.

Su amiga Carola leyó el Oráculo Chino que pronosticaba “el Año del Mono”: ese animal daría un giro radical de 180 grados. «Y vos sos mona de fuego en el zodíaco», le anunció. *¿De qué cambios me hablan si* *estoy entregada?*, pensó, mientras se enredaba en el mar y minimizaba los vaticinios que le sabían a comida chatarra.

Sin embargo hay mentes que pasean por las orillas, yo las oí alguna vez, y ella escuchó el presagio detrás de su cabellera espesa: «Algo pasará este año, vos sabés que una tormenta se avecina y el simio es una señal». Se levantó y respondió a la voz con un gesto burlón que nadie comprendió en el ocaso que caía violeta a espaldas del morro.

En aquellas vacaciones no se desestresó como se suponía; se mantuvo aletargada y sus manos no escribieron, escribir sí hubiera sido un síntoma de revolución intestina dado que su lápiz se hallaba dormido bajo tierra más tiempo que la cigarra ninfa que espera hasta diecisiete años para salir a cantar, amar y morir.

Lo que esa mujer deseaba era vivir sensaciones al extremo, no situaciones extremas; vivir en estado de asombro, sin miedo, como cuando buceaba y emergía del mar embrujada por el azul. Se soñaba sumergida, armonizando con la naturaleza, pero la verdad era que estaba estancada desde hacía mucho. No por eso se convirtió en una mujer agria, muy por el contrario, conservaba un humor fresco, irónico, me animo a decir inteligente. Muestra de eso fue la única anécdota que rescató de las vacaciones y trajo a sus amigas. Cada vez que la contaba, teatral e histriónica, disfrutaba como la primera vez:

—Estábamos Carola y yo, las dos cuarentonas, y Victoria, una cincuentona bien conservada, sentadas en las silletas mirando el mar y nuestros tres maridos, parados adelante, en la orilla, a unos diez metros mirando el mismo mar, perdón, ¿dije el mismo mar?, me equivoqué, ellos siempre ven otro mar, cuando Victoria comentó:

—Desde que llegó Ricardo se me acabaron las vacaciones, vino hace una semana y parece un siglo, yo llevaba quince días piolas y ahora cocino todos los días, prendo el lavarropas, desayuno a la misma hora, en el mismo lugar, un opio.

Eso dijo mientras le clavaba a su marido una mirada fulminante en medio de los omóplatos.

Carola le contestó:

—Yo ni loca, ellos saben que en el verano cada uno lava lo que ensucia y se las arregla solo. ¿Por qué te pensás que venimos a la playa como gitanos con semejante carpa, heladera, salamines y despensa ambulante? Saben de memoria que no levanto un dedo en las vacaciones.

Yo pregunté con envidia cómo conseguía venir sola a Brasil, estaba ante una mujer más hábil que yo. Victoria me contestó:

—Soy docente jubilada y desde que compramos el departamento en Brasil vengo con otras chicas antes de que empiece la feria judicial, ya te dije que mi marido es abogado. —Y corriéndose los bordes de la tanga hasta la zanja central, agregó—: Yo, para poder escapar, antes me consigo el pasaje a la libertad.

Carola, sobrándome, preguntó si yo sabía de qué me hablaba. Ni idea, reconocí, esperando oír uno de esos secretos de mujer que adoro. Victoria se sentó sacando pecho y anunció:

—El pasaje a la libertad es el que conseguimos las mujeres cuando usamos nuestra astucia, o sea cuando nos convertimos en zorras ¿entendés? Mirá, yo tengo una amiga que engordó treinta kilos y cuando le pregunté por qué se dejó estar con el lomazo que tenía, ¿sabés qué me dijo?: «Es mi pasaje a la libertad, cuando era flaca y estaba divina no podía ir ni a la esquina por los celos y escenas de mi marido. Pero desde que engordé, me quedo en las reuniones de trabajo hasta la hora que se me cantan los ovarios y hago los viajes de negocios que se me antojen. En la mentalidad de él: ¿quién querría hacer el amor con una gorda?». Bueno, como me pareció un precio demasiado alto, yo ni loca me engancho en esa, odio verme redonda, encontré otra forma para conseguir el boleto, escuchá, un mes antes de viajar, me enamoro *angaú* de mi marido, lo hago sentir el supermacho, lo busco varios días seguidos, uso mi crema mágica y después, chan chan vuelo tranquila.

Rapidísimo pregunté cuál crema.

—El hidrogel brasilero, es genial, vos te lo ponés ahí antes de ir a dormir, dijo señalando el triángulo de su bikini, no es pegajoso y no tiene olor, te acostás con ropa íntima jugada, no nueva para que tu esposo no descubra la estrategia, una que le guste, provocás un franeleo al azar y para cuando te va a tocar abajo, como hacen siempre y cuantos más viejos descienden más rápido, encuentra que estás mojada como una adolescente y ya sabés, les encanta pensar que te excitan. Además, ese gel que hacen acá te anestesia.

—¿Entonces no sentís nada? —dije.

—Al revés, no sé qué tiene, te calienta de verdad, todo resbala y así empieza una seguidilla de noches con buen sexo y después conseguís el pasaje sin problemas, vos sabés, ellos nos separan en dos categorías: bien o mal cogidas.

—¡Qué tarada! ¿Y cómo se llama la crema? —pregunté sabiendo que la compraría. No se acordaba y ofreció acompañarme a la farmacia, «o si no», dijo, «vas y pedís gel íntimo y listo, los brasileros se las saben todas. Y también tengo recetas de belleza para el acto sexualllll, comentó moviendo las caderas».

—¿Cuáles? —interrogamos a coro con Carola, que a esa fórmula ella tampoco la conocía.

—Te doy la de la posición prohibida —dijo bajando el tono—: Cuando hacés el amor, el secreto está en que nunca te pongas arriba, fijate qué pasa con tu cara, tu cuello y tu panza cuando te colocás en cuatro patas: te empieza a colgar la piel por todos lados por la maldita ley de gravedad que sumada a la flacidez, te da la fórmula exacta de un perro bulldog inglés, tu rostro comienza a llenarse de pliegos y tu ombligo se desprende y bambolea —Victoria explicaba levantando la cola para quedar en cuatro patas, mientras simulaba buscar algo en la arena. Y no te digo lo que les pasa a tus tetas, parecen las doce campanadas a ritmo de rock; no querida amiga, vos siempre boca arriba, espléndida, extendida sobre la *bed*, la celulitis borrada y las carnes acomodadas —decía levantándose las lolas con las manos—. Que él se convierta en monstruo colgante ahí arriba, nosotras nunca.

—¡Una genio!

Esas mujeres sabían que no hablaban de pasajes a la libertad sino de esclavitud moderna, de formas de prostituirse para sobrevivir, sabían que las hermanaba la habilidad de jugar con sus propios dramas hasta extraer humor de la soledad y de la dura lucha por la independencia.

Reírse de sí misma era casi imprescindible para ella, y narrarlo era terapéutico. Me agradó esa faceta. La ironía femenina aparece más sutil y filosa que la nuestra.

CAPÍTULO 3

En las vacaciones intentó liberarse de mitos menores, plantó bandera; estaba cansada, dijo, de que su marido marcara pautas todo el año y era más cómodo seguirlas que enfrentarlas; en realidad le resultaban tan triviales que no merecían el gasto de su energía. Pero estando en período de descanso se rebeló: que si quería dejar las luces prendidas las dejaría, estaba asqueada de vivir a oscuras, no estiraría las camas, que las sacudiera el que las quería sin arena, subiría de la playa a comer a la hora que tuviera hambre, que cada uno lavara su ropa y que a la música la iba a poner bien fuerte, estaba enferma de que todo fuera como querían los demás; por lo menos en vacaciones haría lo que se le antojara, para eso trabajaba todo el año como perra.

Era una mujer elegante y enérgica, con presencia, y cuando se plantaba tenía el porte de una cierva en la cima de un risco.

Esos replanteos condujeron al matrimonio a una semana de tensión. «Recuperar cada centímetro de terreno cedido por miedo o comodidad cuesta lágrimas de sangre», le decía a su hija, «no concedas a tu pareja, a tu jefe, a nadie, ni a los hijos, el espacio que no estés dispuesta a perder, se forman códigos perversos y a la larga destruyen la relación que sea». Y mientras aconsejaba a su hija, en su fuero interno reprochaba a su madre: *¡Para qué cuernos me enseñó a ser tan complaciente y para qué mierda le hice caso!*

Como era de esperar, pagó el precio de sus atrevimientos tropicales. La osadía le valió una seguidilla de días frígidos, indiferencia y miradas de látigos. Hasta una noche embriagante, o que embriagados regresaban de cenar, ella llevaba una solera escotada, de falda corta que permitía mostrar sus piernas firmes color bronce. Caminaban por la costanera sin luna, él un paso delante de ella con ritmo militar, hasta llegar al ascensor. Allí, tal vez por el amontonamiento de pasajeros, sin buscarlo se rozaron sus brazos, sus piernas, y se erizaron, se prendieron las luces de un deseo contenido y se descubrieron en los espejos. Siguieron escondidos hasta el descenso de la última persona y en ese instante, protegidos por el recinto de acero, se apagaron los rencores, construyeron besos, hormigueos y caricias recorrieron sus pieles. Ella floreció sorprendida por las ganas, regresó a los incendiarios tiempos juveniles en los que sentía brotar el fuego y humedecerse sin cremas mágicas. La puso feliz temblar la pasión que creía muerta y entregarla a su marido, no sospechaba que saldría del baúl de los recuerdos, por lo menos con él; y lo demostró con movimientos sensuales y con iniciativas fuera del libreto matrimonial, expuesta y accedida. Él estuvo extenso, perceptivo, más osado que nunca, y la cama los delató en la mañana, con las sábanas revueltas y caídas, entretejidos y desnudos sobre el colchón del verano.

Lo que ella nunca imaginó fue que al día siguiente, al otro y al otro, sería como si nada, todo de nuevo igual, convencional, idéntico, los colores con el mismo desteñido y la llama que se apagó tan rápido como la de una hornalla de cocina.

El broche de oro lo dio el cierre del balance, no el contable, el balance que surge de la comunicación. Esa mujer buscaba hacer análisis compartidos, redactar la memoria de lo vivido. Lo intentó en el auto, durante el retorno por la carretera de Brasil. Aprovechando que los hijos dormían en el asiento de atrás, preguntó a su esposo mientras se recogía el cabello con sensualidad:

—¿Qué fue para vos lo más importante de estas vacaciones?

—No sé, que lo pasamos bien con los amigos.

—No, entre nosotros dos, ¿qué fue lo mejor que nos pasó?

—No sé. Lo pasamos bien, ¿no?

—De la noche del ascensor, ¿te acordás?

Silencio.

—Bueno, la de pasión y sexo —mencionó con pudor, enredando sus dedos en los bucles de su cabellera.

Silencio.

Fue más directa:

—¿No me sentiste distinta? No sé... ¿te diste cuenta de que hacía mucho tiempo que no estábamos así?

Silencio.

Nunca te das cuenta de nada, no sentís nada, sos de plástico, hubiera querido gritarle, pero no se animó. *No sabés qué siento, jamás te interesó*, siguió pensando mientras hundía su mirada en el pavimento y cientos de recuerdos grises pasaban debajo del auto. La línea blanca de la carretera partía la ruta en dos y ella caía a pedazos a una fosa de hormigón, pulverizada. Porque los muertos se extinguen y ella enmudeció en polvo. Tenía los ojos apretados y veía sombras de enormes alas que barrían sus cenizas. Ningún rastro quedaría de ella ni de su muerte, así lo sentenció y cerró el balance mientras enrollaba sus rulos hasta hacer gemir al cuero cabelludo.

Yo escribía la historia tal como ella la sentía, pero algo raro me sucedía con esa mujer, espíritus extraños confabulaban a nuestro alrededor. Pese a que soy un hombre racional, glacial y terrenal me preguntaba si estaba manteniendo una mirada mística, mítica o solo enternecida. ¿Entreveía en la protagonista una lucha interior entre el olvido y la memoria, o era mi tendencia a creer que en toda crisis existencial pugnan esas dos fuerzas? Ella se me aparecía como un caso de olvido sin conciliación. Y ese pensamiento me remontó a Lette, la diosa griega que representa al Olvido y que se simboliza con el río Leteo donde los humanos se sumergían para disolver los recuerdos dolorosos. Siempre deseamos aguas mágicas que otorguen olvido a nuestras almas atormentadas. Y por supuesto asomó su enemiga Mnemosine, la diosa de la Memoria, la que te martilla la cabeza. Las deidades quedaron toda la noche dando vueltas en mi cerebro y con seguridad discutiendo porque me levanté con cefalea y más intrigado aun por el pasado de esa mujer que se movía en la historia con velocidad y yo debía seguirla mientras controlaba mi ansiedad.

CAPÍTULO 4

Regresada del veraneo, con el color del sol perdiéndose en su piel, noche tras noche, peregrinó hacia la pieza del fondo de su casa, en puntas de pie, cargando una tristeza inexplicada. Al llegar a la cama iniciaba el ritual: clic de lámpara, escritorio de piernas cruzadas, hojas abiertas y una mano que salía a colgar frases en su diario:

"Toda mi hazaña es respirar"
¿Romper los espejos? ¿Animarme a ser?
Podría decir BASTA si nadie me escuchara
¿Podría decir basta?
(Y en todas las hojas repetía la frase):
"Caí en la trampa"

Esa madrugada el ventilador de techo dio vueltas a su pena hasta que la estrujó y ella dejó salir su voz líquida (o explotaría en su propia tinta):

"¿Dónde principia esta historia en que me voy separando de todos y colecciono horas como estampitas? Estúpidas estampitas. ¿Perdí el rumbo o nunca lo tomé? Solo días que se abortan. Me asusta cruzar el calendario. ¿Cuándo me cargué de miedos? En las sombras no sé si voy o vengo. Es este rollo de repetir lo que quise hacer y no hice. ¿Hace cuánto me limpio el culo con la intención y parezco bailarina tras un telón de papel higiénico? Soy una vulgar promotora de mí misma y ni yo creo lo que vendo. Cedí para que me amen y estoy de rodillas en un ruego piadoso que detesto. Salgo disparada como bola de ruleta, golpeando cerebro-cuerpo para caer en cualquier agujero rojo o negro primera docena tercera columna doble cero. No hice apuestas y en el juego de la vida se arriesga blanco o negro. Me la paso de excusas... Y arribo a un espacio incierto vacío lleno cenicero".

Se detuvo, destrabó las piernas y se encerró en la cama.

Despertó temprano y dio inicio al rito matinal de vestirse, una cotidiana representación teatral de sus ánimos variables. Parada frente al ropero recorrió las perchas y mientras bamboleaba los cuerpos vacíos y colgantes, les decía: «A ver, a ver, máscaras de mis desvelos: ¿A cuál le toca salir a escena esta mañana?, ¿qué obra anunciamos hoy?».

El día fue una fotocopia de los anteriores. Manejó con canciones románticas hacia el consultorio donde compartiría el trabajo con colegas y secretarias. Hacía meses que se subía al vagón intermedio de las tareas diarias para que la empujaran, de lo contrario el tren descarrilaría y las historias clínicas y las auditorías médicas quedarían inmóviles en los papeles, sin producir algo tangible que pudiera exhibir a su conciencia y a los otros.

Desde hacía unos años que el ejercicio de la medicina le encendía un botón rojo en su frente, en señal de emergencia: *¿Qué significa sentirme un tornillo de la maquinaria del poder y del sistema corrupto? ¿Cuánto falta para que me vea tan rota como el servicio de salud al que sirvo?, ¿cuánto para que se me borre la dignidad? No sé si me queda valor para renunciar a mi único medio de subsistencia.*

Por su especialidad era asesora en auditoría médica de obras sociales. Era testigo documental de la corrupción de la medicina en Argentina, conocía a través de los papeles el trato que se le daba a la enfermedad. Había que escucharla: «En esta sociedad se perdió el valor del ojo clínico del médico, del diagnóstico humano, eso trae una demanda innecesaria de estudios carísimos de alta tecnología, que reclaman tanto el paciente que quiere llevarse una resonancia y remedios, como los médicos que negocian con la aparatología y los medicamentos, a eso sumemos la realización innecesaria de estudios invasivos y de cirugías prescindibles que causan complicaciones costosas y muertes evitables, ¿se entiende?; padecimientos en el cuerpo y en las arcas de la comunidad por imbecilidad, por perversidad, la medicina preventiva no existe, el consumo de fármacos es enfermante, la producción de venenos, desde los cigarrillos a los agrotóxicos es aterrador, el hombre produce las enfermedades que pretende curar y todo sigue. ¡Vamos por más! ¡Vamos por más!», solía gritar en las mañanas cuando leía las historias empapeladas de la gente y ella solo podía dictaminar si correspondía pagar o no los servicios médicos, si sancionar o no a prestadores corruptos; luego su dictamen iba al basurero o a un expediente administrativo más largo que la vida del paciente. *Pero ¿y el ser?* se preguntaba, *¿ser humano es igual a "ser humano"? ¿Y el protagonista de la HC, qué? Esta es una sociedad asesina y este es el siglo del absurdo*, repetía.

Había que oír la fuerza de su voz y de sus convicciones, solo que en el espacio en que se desenvolvía no era escuchada.

Esa mujer estaba más despierta y menos confundida de lo que creía. Diría que estaba empantanada. A veces se engranan nuestros motores y olvidamos que solo somos energía dentro de un volumen *corporomental*. Esa palabra ¿existe?

CAPÍTULO 5

Del trabajo volvió sintiéndose un vagón de carga y se estacionó en la noche: cena, no abundante porque la pregunta ¿qué mierda me pasa? le comía el hambre; cama matrimonial ahuecada, televisión y muerte de minutos entre *zapping* y *zapping* del esposo. Él siempre manejaba el control y ella lo observaba: le pasa lo que pasa con todos los que tienen la manija, si la pierden enloquecen. Tomó el diario y recorrió los títulos de las noticias que no leía. *Si me importan un comino*, se decía y lo regresaba al piso advirtiendo que su desinterés absoluto por lo social y lo actual era peligroso. Solo deseaba cerrar el día, leyó sin gafas para aprovechar el cansancio de la incipiente presbicia y cayó rendida.

Tampoco demasiado, la asfixia terminaba por despertarla. Vuelta a la derecha, no, mejor de espalda, piernas encogidas, piernas estiradas, ruidos de sábanas disimulados, que su marido no oyera al roedor que parloteaba en su cabeza y hacía tanto ruido. Otro giro en tirabuzón y una angustia que venía de lejos la convenció: no se dormiría. Emprendió el viaje al fondo. El cuaderno la esperaba, se arrinconó y escribió:

"Sabía que me estaba destruyendo. ¿Qué basura cocinan mis entrañas? Perdí la salida. Voy hacia un muro. No valgo un céntimo. No sirvo. Soy la reina de los sinsentidos. «Dejá todo en las manos de Dios», dijo esa vieja. Qué boludez si ya todo está en sus manos o del que raye. Basta de debos. Doy gracias a este óleo que pinta mis negros. Que las musas abracen mi esqueleto. Alguien me grita: «Mediocre, sos un ser de pasatiempo». ¿Me estaré pareciendo a mi madre? Busco el barro. Agonizo de histeria. ¿Para qué escribo? Para nada. Papeles que van de un cajón al otro. Me estoy matando. ¡Qué novedad, si vivimos muriendo!".

Se interrumpió, acomodó su espalda, anudó su cabellera y siguió:

"Este gesto de tapar mis orejas puntiagudas que trajo el diablo de mi padre en la genética, jaja, cuidar la imagen. Soy banal. Me importa un bledo. Estas letras son puro lamento. Ser escritora: ¡un divague! Vos, no tenés miedo. Cómo hacés. No te cuestionás y yo te rompo algo más que los silencios. Contame qué tengo. Vos, sí. Vos, que lo sabés todo: ¿cómo se hace para hospedarse en el cielo? ¿Por qué se llora? ¿Qué le pasa al cuerpo para que sangre en agua? ¿Qué química producen las emociones? ¿Qué son los recuerdos? ¿Por qué pesan si no tienen cuerpo?".

Se tapó con las sábanas y dijo entre dientes: «Meteré la ventana en mi cabeza para ver si encuentro el cielo» y cerró el soliloquio, estaba cansada de oírse y torturarse.

Yo, en cambio, entré en conflicto o en duda, que es más o menos lo mismo; esa mujer iba a tener que bucear hasta el fondo para entender lo que le sucedía, pero podía ahogarse y morir; y me preguntaba si estaría preparado para escribirlo, para escarbar hasta el hueso y roerlo: eso haría un buen escritor.

Aunque también tenía la posibilidad de hacer borrón y cuenta nueva, ir con ella hacia adelante, tomar una hoja en blanco, una *tabula rasa*, como hizo la humanidad para seguir a pesar de las guerras y las barbaries. *El aprendizaje de la historia universal se debe aplicar a la vida personal y viceversa,* me dije. Pero también sabía que esa filosofía existencialista fue superada por la realidad. En el presente muchas comunidades luchaban todavía contra el olvido histórico y buscaban recuperar la memoria, «se puede llegar a superar el pasado en la medida que pueda narrarse lo que sucedió», dijo Hanna; y todavía lo vivimos en Argentina, donde siguen en pugna las contracaras de olvido y perdón o memoria y castigo.

El dilema giraba en mi mente: *¿Tendría esa mujer que sacar sus trapitos al sol para salir del pantano?* Si me guiaba por las religiones occidentales debía reconocer que se apoyan en la confesión como paso previo a la paz interior, siempre el mismo camino: Infierno y Purgatorio, aunque “lo pasado pisado” era una tentación para cualquiera. Lo cierto es que tuve otra noche de revuelos cerebrales, anduve por el Cielo de los cristianos, por los Campos Elíseos de los virtuosos y por el

Inframundo de Dante. La seguiría a ella, no tenía otra alternativa.

CAPÍTULO 6

Me preocupaba esa mujer, ¿hallaría un salvoconducto? Eran tantas las voces que la trepaban que podrían taparle la salida. Las respuestas podrían venir de cualquier lado. Y en la noche apareció Hipnos, el hijo de la Noche, que la internó en un sueño transparente. Por una grieta la ingresó a una cueva blanda, a un útero que latía. El sueño la dejó inmersa en flujos y reflujos de aguas mecedoras. Era ella la que estaba inserta en un globo, pero con otra figura y una energía que la expulsaba; estaba ciega y sin embargo algo le permitía observar desde lejos al huevo que la contenía y advertir que ese huevo estaba dentro de otro huevo y ese de otro más grande, semejante a los juegos infantiles de encastre y las *mamushkas* rusas. Y aparecían otros huevos transparentes flotando en el cosmos con seres adentro, nadando, rompiendo cascarones y asomando por diferentes orificios. Vio pasar a su prima que escapaba por la ventana de una esfera, mientras dejaba a su marido durmiendo la borrachera. Vio que su hermano subía a una avioneta de papel y salía del planeta. Más se distanciaba y descubría que esos seres se insertaban en otro óvulo expandido, todos eran translúcidos y seguían creciendo. El universo era un movimiento acuoso de pujes y pariciones. Su mirada se focalizó en un huevo diminuto: era ella que aún estaba adentro y pateaba contra las paredes con fuerza; ya no cabía, quería romperlo y salir por algún agujero.

Una de esas patadas eléctricas le arrancó la sábana y la sobresaltó. Intentó recuperar las visiones con los ojos abiertos y apenas alcanzó a preguntarse: *¿Adónde irán los sueños?* y se internó de nuevo.

Quizás ella intuía que los humanos ven en los sueños lo que no ven despiertos, o que alguien movía los hilos de su historia y en el sueño le anunciaba lo que vendría.

Así despertó en marzo, el mes de las piscianas. Se identificaba con los peces enfrentados del zodíaco, aunque con el paso de los años perdió su actitud subversiva, y los insomnios del presente la desconcertaban: ¿acaso no estaba domada? ¿Por qué quería romper con su vida, tirar abajo todas las columnas?

Esa tarde, cuando ordenaba el ropero para compensar el desorden interno, encontró un viejo escrito y aquella misma voz se abrió camino entre su cabellera: *No creerás que lo encontraste por casualidad y que lo escribiste para nada. No cuestiones todo, solo léelo.*

"2000. Hace tanto no escapo. Me amarran los gritos. Parásitos invisibles prendidos a mis yemas. Garrapatas blancas que me llevan a la muerte disfrazada de calma".

Era evidente que llevaba años pujando, lo que no sabía era que la hora señalada para parirse no la marcaría ella.

A la noche, abrió su diario y escribió:

"Estoy cansada de escribir en simbolismos para decir que estoy detrás de la baranda, que soy huesos desparramados. Tengo que enterrar a mis ancianas y desenterrarme. Ingresar al panteón y tengo miedo".

A pesar del temor, se gestaban alevinos en sus manglares que la impulsaban a patalear y salir al océano. *Adónde van mis aletas, Dios mío*, se preguntaba durante horas frente al río, mientras recordaba la figura de su madre detenida en las orillas del río Negro donde dejaba correr su soledad de agua. Esa figura la perseguía como un presagio.

Y yo no tenía escapatoria: esa mujer, aunque no lo supiera, estaba decidida a revolver la mierda en el Purgatorio y yo iría detrás. ¿Llegaría al río para lavarse los malos recuerdos? Dante hizo eso con sus personajes y por último los bañó en el Eunoe, en las aguas de los buenos recuerdos que sí deben guardarse; él sabía de la durísima lucha contra el olvido. Yo comprendía que para todo hombre y toda mujer el peor castigo es que lo olviden, el más negro infierno. Durante la madrugada pensé en ella como un vigilámbulo intrigado por las causas de su escape y el destino al que se dirigía. Solo podía pensar y esperar.

CAPÍTULO 7

Sorpresivo apareció su viaje de fin de semana, incomprensible a los ojos de quien la conociera.

Comentó al marido que quería ir a algún lado, sola. No lo anunció de golpe, vio una puerta apenas abierta y empujó cuando él mencionó su intención de viajar al Uruguay para llevar al hijo a una competencia. Ella dijo:

—Está bueno. Entonces, ese fin de semana yo me voy a escribir a la costa del río, eso me gustaría hacer.

—Pensé que vendrías con nosotros.

—No, vos aprovechá para estar con tu hijo, mientras yo hago algo que hace rato quiero hacer.

Desde siempre, pensó y no lo dijo.

El esposo quedó mudo; esa acción no era la esperada.

Ella se mantuvo callada por fuera y exultante por dentro. El programa de su marido le daba una oportunidad. Antes jamás se habría animado a sugerir quedarse sola un fin de semana y viajar por separado. Postergaba sus anhelos hasta que las ausencias de él le permitían realizar los suyos. Planes simples como ir al cine con su hermana, cenar con amigas o integrar una comisión de trabajo en horarios extras le estaban vedados. Siempre cedió y eran códigos instalados en la pareja, inderogables. Se preguntaba por qué se sentía culpable por querer estar sola, desde qué enseñanza maligna le quedó grabada esa dependencia esclavista de necesitar la autorización del hombre, y más se revolvía al advertir que esa actitud servil era femenina por excelencia.

Pero esta vez un sentimiento libre e inédito la arrastraba. No le importó que su plan no le agradara al esposo ni que evidenciara su deseo de viajar sin él. No miró su cara, lo haría sí o sí. Si él viajaba, ella también. El desafío la convirtió en una represa de combustible.

Dos días después, mientras maduraba el viaje, sucedió lo impensado. A último momento el programa del esposo se frustró, el campeonato se suspendió y no viajaba; y para colmo de males, ese mismo fin de semana venía de visita su suegra.

Sintió que la desplumaban. Quedó estrangulada ante la mesa del almuerzo, frente a la noticia que se corporizaba en un monstruo de dientes negros y garganta violeta. Su mirada se imantó en una miga de pan, sus dedos se acercaron lentos y comenzaron a triturar la masa hasta producir un finísimo pan rallado mientras su silla se hundía, ella se hacía pequeña, ínfima y caía por un hoyo. En la última visión se llevó el corcho de vino: *Este pequeño corcho flotaría en un océano*, pensó, y su cabeza se subió a una barca de corchos y navegó. Con una voz ajena que pareció salir de la bodega de un barco negrero, anunció: «Yo me voy igual, viajo igual este fin de semana».

Él calló. No era idiota. Percibió la extrañeza y determinación en el tono de su esposa y sintió miedo.

Ella no festejó ni alardeó su valentía; callada oía su grito uterino como el resoplido de una esclava durante su fuga en campo abierto. Un brillo raro se apoderó de sus ojos; no podía creer lo que estaba sucediendo ni lo que haría.

Inició potenciada los preparativos de la aventura. Iría a algún lugar distinto, algo propio. Desde que se casó y fue madre, todos los rincones de la casa estaban compartidos y ocupados, no quedaba un recodo para apropiarse. El marido, en cambio, armó su espacio en un sótano de trabajo. Ella solo tenía una seudo-guarida en la oficina-consultorio, cuya puerta permanecía abierta y el personal entraba sin permiso. Para colmo, cuando llegaba temprano —horas mágicas para acomodar las piezas de su rompecabezas— encontraba algún colega frente a su computadora o era interrumpida por una desubicada secretaria. *Ensucian mis silencios, eso hacen, permití que asaltaran mi cueva. Fue mi culpa.*

Era una médica autónoma, sin obligación de rendir cuentas, y aun así el mandato de autoclausura era intenso. Lo traía desde su infancia, desde el padre interno y el externo que trabajaba a metros de su consultorio: un intelectual demasiado serio, que consideraba a la poesía, sin decirlo, una labor secundaria de su hija, aceptable solo fuera del horario profesional, más bien un entretenimiento o un hobby. *Por eso debo tener cerrada la puerta, para hacer lo que se me antoje y llorar hasta que llueva.*

Estaba tan enojada por haber dejado asesinar su recinto, que lo convertía en tragedia. Pero ahora, sin contemplaciones inició el proceso de recuperación. A la indiscreta empleada le dijo: «De ahora en más quiero la puerta cerrada, golpeá para entrar, si no contesto no insistas». Compró un minicomponente y lo colocó sobre su escritorio. Hacía años que en su hogar se había amputado las orejas. Habló con su colega y con la secretaria que trabajaba desde hacía cuarenta y cinco años en la oficina, su segunda mamá, la que protegía sus días y sus secretos. Esa mujer tenía la sabiduría del escucha y la dignidad de una leona.

Luego de unos días de portazos y gruñidos: «Cerrame la puerta, no ves que estoy ocupada. Hoy no atiendo a nadie. Si no contesto el interno hagan de cuenta que estoy muerta», recobró su guarida. *Hay un nuevo código de convivencia*, se dijo, recordando a su psicólogo y a los malditos pactos perversos que firmó. *No es tan difícil, hay que estar atento para evitar intrusos, ser valiente y más honesto con el Yo, él merece mi respeto, che*, se dijo mientras recordaba lo que Sonia le decía: «Tenés que llevar a cabo las ganas, la autolástima no sirve, simple, decidir y actuar; y no andés justificándote por todo, mujer».

La escuchaba y se preguntaba si Sonia hacía lo que quería porque era soltera o si era soltera porque hacía lo que quería.

Al fin, subir ese primer escalón la ayudó a mantener en alto su emancipación: *La vida es un viaje irrepetible, solo hay que elegir cómo: reptil o ave.*

Y como las coincidencias o las causalidades, o como se llamen, existen, esa mañana antes de retirarse recibió la visita de su gran amiga y profesora de yoga, Gabriela. Una joven contadora que colgó el título para dedicarse a desarrollar esa disciplina; una mujer bella, inteligente y activa, generadora de recursos, que logró separarse de su marido, un hombre rudo, seductor y golpeador. Un *básico*, como suelen decir las mujeres. La osadía de la separación le trajo a Gabriela bárbaras persecuciones del macho herido, la amenazó, la arrastró por la vereda, la empujó en público; ella en silencio sufrió humillaciones, violencia y pánico hasta animarse a una denuncia policial. Una historia tantas veces repetida y tantas veces ocultada.

Pero ahora Gabriela venía a contarle a su amiga que lo estaba re-escuchando a él, que le estaba dando una nueva oportunidad a su ex. No lo podía creer, no había curado sus heridas y ya estaba poniendo otra vez la mejilla. Nuestra protagonista le dijo a Gabriela que estaba poniendo la misma mejilla, que un hombre de esa calaña solo cambiaría con larguísimo tratamiento psicológico y con suerte. Pero ese no era el tema de la charla de amigas. Gabriela vino a contarle que hacía unos días tenía mucha picazón en la pelvis y que no quería ir a su ginecólogo, ya que le daba un poco de pudor: «No es lo mismo cuando se va por un embarazo, vos lo sabés», explicó a su amiga médica que ya intuía lo que era. «Me pica como piojo, ahí abajo», comentó Gabriela. Y la doctora al revisarla lo confirmó, su amiga estaba siendo invadida por el llamado *piojo púbico* que se trasmite por contacto sexual. Su ex esposo le pedía reconciliación mientras la llenaba de ladillas. «*Sigue siendo un negrero*», dijo Gabriela entre lágrimas de humillación. La médica odiaba esa palabra que venía de los victimarios de mujeres esclavizadas, entonces le dijo: «¿No te das cuenta que ese tipo es un rubiero, un gringuero, un mujeriego, una mierda con todas las letras, y vos le estas dando otra oportunidad, reabriéndole una puerta para que mancille tu mente y te llene de *piojos de concha*?».

Cuando despidió a Gabriela y cerró el consultorio estaba tan indignada, tan enojada con las féminas de toda la humanidad, incluida ella. *Cómo seguimos permitiendo el avasallamiento del macho, por qué la fuerza bruta del hombre sigue triunfando,* aullaba por dentro y le crecían los dientes.

Y la verdad, el mundo tiembla cuando la mujer entra en furia, y yo no podía entrar en la historia a defender el género masculino, tenía que oír a la mujer-loba y ser fiel a su versión. Solo que a un escritor le resulta difícil no involucrarse y poner su bocadito, o tal vez era el machismo ancestral y occidental lo que tenía que dominar. No importaba, lo trascendente era que la historia de la amiga era una revelación oportuna y ella estaba permeable. No puedo callar que de adolescente prohibía a mi novia usar polleras cortas, bailar con otros, ella debía esperar hasta que yo llegara a las fiestas. Era estúpido de verdad y si revisaba mis imbecilidades formarían una larga lista, y como dije, no podía demorarme, debía seguir a la protagonista.

CAPÍTULO 8

En la organización de su escape fue un desastre. Nunca se encargaba de los viajes familiares. Era una tarea que el marido desempeñaba con excelencia y a ella le gustaba delegar las cuestiones de programación. Su hermana se lo reprochaba con cierta envidia: «Vos podés vivir en una nube gracias a tu marido que te organiza todo». En realidad la hermana se defendía porque en su matrimonio era ella la que empujaba la rueda de la continuidad y el orden.

A su criterio, las parejas se sometían a roles instalados por leyes *de facto* dictadas por un tirano que desconocían, pero en este caso ella preparaba un motín.

Hablando con Sonia sobre el viaje y sus dudas acerca del lugar a donde ir, su amiga le comentó:

—Yo conozco un lugar solitario, sobre una laguna, no está lejos, es *retranqui* y va poquísima gente.

—¿Seguro que no queda lejos? —insistió, la distancia era importante, no manejaba en ruta, otra función atribuida al marido.

—Estoy segura —respondió Sonia—. Y tiene cabañas para alojarse.

—¿Tenés el teléfono?

—No, tendrías que buscarlo en la guía, yo nunca hice las reservas.

No se animó a preguntar con quién fue, porque Sonia se colocaba en situación de partida, seguramente guardaba información personal que no quería develar. Mientras la veía alejarse, reflexionó sobre los mundos secretos que habitan en las personas cercanas y la inmensa ignorancia que tenemos sobre ellas.

Anotó el nombre del complejo, buscó en la guía, llamó, hizo la reserva. La voz le temblaba. ¿Qué estaba haciendo?, ¿se iría sola, sola en auto, manejando en la ruta, sola llegando, sola en la noche? Increíble, estaba casi en camino, saltó dos veces y gritó «Guauuuuu» con las manos en alto.

En cambio, entre los miembros de su familia se arrastraba la víbora de la intriga. Para mayor dramatismo su suegra cumplía la visita anunciada y ella osaría viajar "sin" el marido. Sabía que la tradicional y conservadora mujer disimularía el desagrado y callaría la reprobación. Esa gente que esconde los sentimientos, la diplomática, no era de su agrado; pero a ella nadie la detendría, menos su suegra que siempre siguió a su marido como una sombra. Esta vez no le importaban las consecuencias. Partir era vital.

Además, ella se conocía: cuando se sentía distanciada del esposo, automáticamente rechazaba a su suegra. Esa mujer estructurada como su peinado batido con *spray*, cintura apretada, prolija, tenía un estilo de vida al que pretendían asemejarla, porque, aunque su esposo lo negara, su madre era el modelo a imitar, un ejemplo de amor servicial, abnegación, dedicación, portaba la obediencia que un hombre espera, aunque fuera un poco, de su mujer. Pero él tenía que entender que no era su hijo. *¡Cuándo aprenderán que a las mujeres no nos gustan los hombres que se colocan en posición de hijos y menos en el papel de padres! Se hacen las víctimas o se prenden la insignia de general, ¡no saben pararse sobre sus cojones, che!*

La reacción que le provocaba ese cordón umbilical sin cortar entre su esposo y su suegra era tan virulenta que cuando doña Amelia estaba de visita se asexuaba. Un día se atrevió a comentárselo a Mariano, el marido, después de un acto sexual medio fallido (así llamaba a los encuentros donde él gozaba y ella no): «Siento como si tu mamá durmiera entre nosotros los días que está en casa de visita». La respuesta fue el acostumbrado silencio y las repetidas visitas sin consultarla.

Retomando el programa del viaje, decidió ir a Santa Cecilia. No se lo contaría a nadie. Si el lugar no le gustaba, continuaría hacia un destino nuevo. Encubierta, preparó el bolso y lo llenó con sus discos compactos, su cuaderno, sus libros, su bikini, el bronceador, y el minicomponente; apenas lo cerró selló su boca. Se amordazó para contener las emociones. Es que, después de mil años de casada bajo costumbres machistas, se iría ese fin de semana y dejaría al marido. Estaba acercándose a las márgenes, circulaba por la banquina.

Y lo peor, no informó adónde iba. Algo había aprendido de su marido, que para ella tenía mucho de zorro: *Cuanto menos hablás, mejor*.

La intriga familiar ya era gigante y el monstruo de la sospecha asomaba por todos los resquicios. ¿En qué cosa rara andaba ella? Las preguntas eran esquivadas, mientras la presunción de viaje y traición caminaban de la mano. Los más cercanos, sus hijos y hermanos, no interrogaban; conocían los insomnios, la veían adelgazar y ausentarse del mundo real, manteniéndose a distancia: «Mejor no tocarla, podría estallar», susurraban. Ella los veía actuar como en la Edad Media, cuando embarcaban a los alienados en la "nave de los locos" y los alejaban hasta desaparecerlos... creía oír los comentarios de sus familiares: «De nuevo está delirando... ya se le va a pasar, es una racha de locura... suele tener esos ataques».

Y de verdad tenía que irse. La noche previa a su partida estaba a minutos de detonar. La mañana no llegaba y debía hacer algo para acortar las horas negras. Las horas de espera siempre le eran negras. Los giros en la cama delataban el ciclón a punto de salirse de órbita. Bajó las piernas, elevó los talones y sobre los vértices de sus pies llegó al dormitorio del fondo. Frotó sus dedos, los preparó y escribió:

"Se demora la mañana. Busco tras las cortinas sus señales. Deseo escalar paredes. Avizorar qué pasa. Quizás está retrasada llenando su valija con pequeñas lámparas. Si acecho por la ventana veré a la noche llamarla con señales de rocío: «¡Ven que te esperan en la cama!». Si me levanto, las agujas jugarán una mala pasada. Pondrán más pesado el tiempo y cuando las

horas se toman su tiempo... No existe quien lo venza. Ese maldecido o bendecido hace de nuestras vidas tragedia o bonanza. Tiempos de tormenta de lluvias que dicen que siempre... Pero nunca paran. Sequías que deshojan y arrancan... ¿Viste los árboles caídos? Basta. La mañana vendrá vestida de verano bien ligera. Traerá al sol de marzo y a los peces. Sé lo que sucede. Es coqueta la mañana. Sabe que la esperan... Escucha: pareciera que viene. Espiaré por la ventana".

Espió. La mañana estaba en el patio de su casa. Y ella era una mujer limpia y cristalina salpicando gotas de lluvia, brincando sobre aguas blancas. Tomó su bolso preparado a escondidas. Pasó a un costado de la cama matrimonial. Dio un beso liviano a su marido, que tampoco dormía. El miedo lo tenía amenazado, ella era imprevisible.

Puso en marcha al auto y tembló con el motor. Estaba casi oscuro, faltaban diez minutos para las seis. Eligió la salida más bella de la ciudad para proteger su estado mágico. Puso la mejor música. La fascinación no era imaginaria: al cruzar el primer puente cientos de nubes bajaban del cielo y trazaban una senda perlada. Mientras circulaba frente al extenso parque-jardín, buscó a su madre dormida en la eternidad y se detuvo, impulsiva, a un costado de la ruta. Necesitaba contarle, escribir:

"Aquí voy mamá. Me voy sola. Lo que nunca te animaste a hacer. Voy a Santa Cecilia, vieja. Viajo sola. Vení, que te llevo conmigo de la mano. Las manos de mi madre... las manos tan bonitas que descubrí cuando estaba muerta. Cuando la encontré entre el

baño y el dormitorio, sentada contra la pared, atravesada en el pasillo aun tibia. Esas manos que aferré con miedo porque se teñían del color de las moras. Eran tan bellas. Nunca supe que sus manos fueran tan suaves, tan mansas... ¡Dios mío! Durante cuarenta y cinco años no contemplé las manos de mi madre. Eran perfectas. Fue cuando acaricié sus dedos y los junté. Cuando le quité esa pulsera esclava de oro que nunca se sacaba. Busqué una almohada y apoyé su cabeza que quizás a esta misma hora de la madrugada descargó la muerte sobre la pared. Y estaba sola. Mi madre rubia como el sol que amaba murió en soledad. Nadie la abrazó ni cubrió sus manos... Sola porque cuando estaba viva la abandoné. Llamó durante largo tiempo a la muerte porque la dejamos hundida en la depresión. Desamparada. Y ahora, ¿por qué quiero estar sola? ¿Terminaré como ella, implorando la compañía de la muerte? Le pedía que se rebelara. Madre: ¡qué hice! ¡te descuidé tanto! Quedaste tirada en el piso del gris que vos diseñaste para que la mugre de la casa no se notara. ¡Dios! Quién perdonará mi distancia impiadosa. Me duele el alma. ¡Cómo te olvidé hasta el espanto! Y llamaste a la muerte hasta que te escuchó. Ahora por fin descansas de todos nosotros, de la angustia en que te vaciamos. Se me endurece el cuello y me toma tu muerte por la espalda. Quiero creer que no te dolió nada. ¡Cómo no te iba a doler la muerte en la madrugada cuando escapabas al baño o volvías de él! Nadie sabrá nunca cómo fue. Qué último pensamiento robó tu mirada que ahora se hunde en este paisaje que amaste. Monte, Lapacho, Norte y el río Negro que protegiste cuando todavía tenías alas. Se inserta mi cuello como aguja en la médula y encoge mis carnes como rana. ¿Qué sentiste, mamá mía, tanto tiempo solitaria? ¿Fue piadosa la muerte cuando te llevó? Vení conmigo en este viaje. Lleguemos de la mano a la laguna y descansemos tu mirada. Por madre me perdonabas. ¡Dios! Siempre perdonabas mi lejanía. Te encontré tirada como te dejamos, madre querida. Gritaré mi grito y tu grito, el que jamás exclamaste. Solo fueron lamentos; y de los quejidos la gente se cansa. Te pedía enojada que te largaras. Estoy haciendo lo que no hiciste por vos, por mí, por las que no gritan su grito. Viajá conmigo vieja. Viajá que yo viajo sola".

El espíritu del sol y el de su madre subieron al auto. El lamento se detuvo. Arrancó cargada de energías.

Aun así, yo sabía que el fantasma de la muerte de su madre la merodeaba, los hechos que muerden la conciencia son difíciles de olvidar y la llevaban ante las puertas del Infierno, ante el horrible Minos, junto a las almas pecadoras y oscuras que habitaban el Purgatorio. Mientras mi memoria recorría los escalones de Dante, sentí de pronto que no conocía su nombre, que todavía no lo había escuchado, y que no podría seguir acompañando el viaje de esa mujer hasta que no la nombrara. Debía estar atento en el momento que se pronunciara.

CAPÍTULO 9

Conducía aferrada al volante. El asfalto y su vida pasaban bajo sus pies.

Se acercaba al puente que la unía a la otra orilla. Era un brazo de hormigón y acero que cruzaba el río Paraná, al que amaba hasta lo indecible. Aguas que le devolvían a su amigo, el que la llevó a navegar por los confines de sensaciones límites y la internó en aventuras que ella nunca habría osado si no hubiese sido arreada por las manos de Juan Manuel, curtidas por pescas, cacerías y noches de excesos. Cómo olvidar aquella salida en lancha por el Paraná bajo el frío invernal, las agujas de la lluvia y las navajas del viento tajeando sus rostros, enfrentados a olas colosales con solo mates de agua caliente y ginebra, excitados por los piques de los dorados, y el gesto de su amigo devolviendo los peces al agua, previos besos y caricias de baba, hablándoles al oído; él decía que lo escuchaban.

Después, el regreso a la guardería, encogida y tiritando dentro del casco de la frágil embarcación para protegerse de los azotes del río, mientras Juan Manuel, erguido en la proa y con los brazos abiertos a los truenos, ofrecía con descaro su cara al cielo y los hacía sentir únicos dueños de ese magno y escalofriante paisaje.

Ese hombre marrón era de sonrisa exagerada, amplia y transparente, como a ella le gustaba. Estaba segura de que si estuviera vivo aplaudiría su hazaña y escaparía con ella.

Cuando desvió la mirada hacia el horizonte de agua, recordó que escondieron un secreto en el Paraná, *un secreto que el río guardó para siempre, porque las aguas saben llevarse todo y esconder las lágrimas*, se dijo mientras regresaba los ojos al pavimento.

Aquel amigo de río estaba en el cementerio-parque junto a su madre. Los dos la dejaron casi al mismo tiempo, hacía apenas un año y por la misma debilidad coronaria. Ella solía preguntarse si las mismas causas de muerte, en distintas personas, eran pura coincidencia. Intuía que no, que se muere como se vive, que a cada tipo de persona le corresponde un tipo de muerte y que se muere con el gesto que te estampó la vida vivida. Sus versos decían: *"Cada día, cada instante, tengo un rostro distinto; sin embargo, la muerte se llevará uno solo, los otros se fueron sin morir, pero dónde"*.

Juan Manuel conocía la fragilidad de sus arterias por haber sido sometido a dolorosas colocaciones de estent; pero incluso después de las advertencias de su cuerpo no cedió a las indicaciones del médico: hacer una vida disciplinada, dejar de fumar, evitar los excesos de sol y de alcohol, descansar, cuidarse del frío, del viento... Ese hombre no pudo siquiera intentarlo, él dijo que esa receta lo llevaría a una muerte más rápida; y de las dos, escogió la muerte de la carne. «¡Que se pudra todo! La vivo a mi manera, la vida es un juego y yo no me pierdo esta partida», repetía.

Ellos tenían un amigo en común, Roberto, el ingeniero que repudiaba los extremos e irresponsabilidades de Juan Manuel. Ella comprendía las críticas de Roberto, mientras en su fuero interno aplaudía a quien vivía auténtico y a riesgo: *Si no elegimos cuándo ni dónde nacer, por lo menos elijamos cómo vivir y por qué morir,* se decía. Lo cierto es que el amigo metódico y estructurado, como su profesión, seguía vivo. *¿Está realmente vivo?,* se preguntaba ella mientras analizaba que la muerte era dura, inflexible, fría, en cambio la vida era movimiento azaroso y caliente. *¿Cuándo se está más vivo?*

Se extrañaba que de jovencita se sintió atraída por muchachos de personalidad infranqueable, tal vez —dedujo— por el parecido con su padre, un racionalista, comunista, exigente, estoico y ateísta. No ateo, como se denomina a los que no creen en nada. Su padre se encargaba de explicarle que tenía fe profunda en el hombre, en ella, en sí mismo, y por esa razón reconocía en Cristo a un revolucionario, al primer socialista, concluía. En lo demás: iglesia, vírgenes, santos, dioses y clérigos no creía en lo absoluto.

Con el tiempo, ella advirtió que esas eran teorizaciones que le servían al autor, y que en la adolescencia ella también las utilizó porque la ayudaron a justificar sus diferencias ante las amigas, en esa edad en que no se quiere ser distinto. Era la única que en la iglesia, durante las misas, no rezaba ni se arrodillaba. Y ¡cómo iba a arrodillarse! si la helada voz paternal indicaba: «Si te arrodillás y hacés la señal de la cruz sin saber por qué, ni lo que significa, estás haciendo payasadas, mímica y, además, faltando el respeto a la iglesia. No lo olvides, hija, primero debés estudiar en profundidad cada religión y después elegir a conciencia; con tu madre respetaremos la fe que elijas».

Ella sentía razonable la posición de su padre y más aceptable que la de aquellos padres que imponían a sus hijos un credo al nacer, sin darles la posibilidad de opinar y revisar, como un estigma.

Con el correr de los años, comprobó la importancia de averiguar en qué se cree y por qué. Y si algo debía reconocerle al padre era que tenía una lógica para todo y que respetaba la libertad de ideas. «No era», decía, «en defensa de su padre», como acusó a todos los argentinos una periodista italiana: *"pequeños fascistas"*. Claro que la tolerancia paterna tenía un límite; con los haraganes y débiles de espíritus era implacable y ella lo sabía.

Con el tiempo, en su madurez, pudo levantar sus propias ideas: admirar la creación y reconocer a un gran Hacedor sin importarle quién o qué fuera mientras seguía compartiendo con su progenitor el rechazo a los ritos eclesiásticos, a los dogmas, cultos y mitos, al opio de las religiones y a las idolatrías populares.

Fue la imagen de la Virgen de Itatí y las cintas rojas para el Gauchito Gil, colgando de los árboles a lo largo de la ruta correntina, lo que la llevó a recordar aquella vez que se acercó a la iglesia y sintió clavos en sus manos. Aparcó el auto en la banquina y sacó su cuaderno. Estaba dispuesta a escribirlo todo y sin reloj:

"Fue un fin de año. Yo era muy joven y estaba angustiada, perdida en una horrenda crisis matrimonial con una sola idea zumbándome los oídos: la muerte es la única salida. Alguien me recomendó que fuera a hablar con un cura tercermundista y piola que podría entender y aconsejarme. La angustia venció mis prejuicios contra la iglesia. Busqué ayuda una mañana de diciembre, vísperas de Navidad. La iglesia era sobria, construida en un barrio intermedio entre el centro y la periferia. Entré con las primeras luces de los vitrales por una puerta lateral. Por suerte no tenía mucho dorado: el oro en los templos me da nauseas. Nunca entendí que a los fieles les guste el brillo y la opulencia. Más contradictorio imposible. Me crucé con un muchacho que pintaba cartones en el suelo. Le pregunté por el cura Lucas. «Ya viene. Pase nomás el padre fue a buscar algo». ¿Padre de quién? ¿Por qué les dirán padre si no les permiten ser padres? Vírgenes sin ser vírgenes. Estos absurdos de la iglesia me chocan como platillos. «Hola, buen día, vine a hablar un ratito con usted». «Buen día mujer, hable usted que la escucho; ¿en qué puedo ayudarla?», me preguntó mientras llevaba estatuillas de cabras y burros dentro de una canasta hacia un pesebre en construcción que se desparramaba en el piso. «Quisiera hablar de un tema privado con usted». «Es que estoy muy atareado, hija, debo terminar este trabajo, tendría que ser en otro momento».

Pasé saliva por el nudo de mi garganta y dije a la espalda del cura que, agachado, acomodaba animales de plástico: «Es que me siento muy mal, padre, tengo miedo y necesitaría hablar ahora con usted, por favor».

Se levantó, me miró con cara de nada y dijo: «Sígame».

Llegamos a una oficina en penumbras. El padre se detuvo a un costado de la puerta. «¿Qué te está pasando?». Advertí que la conversación sería rápida cuando quedó apoyado en el marco de la puerta. Pero mi agonía y mi historia no eran cortas, no sabía por dónde empezar, todo era confuso y él me estaba exigiendo claridad y brevedad. «Estoy con problemas con mi marido», arranqué. «No es nada raro hoy en día que no se prioriza la familia, podríamos hablarlo otro día». «Lo que pasa es que me quiero separar, me quiero morir, tengo hijos, me quiero matar, me siento culpable, me siento horrible, no sé, me parece que me enamoré de otro hombre». «¿Su marido lo sabe?». «No», contesté. «Bueno, entonces no hay problema, mujer». «Me siento mal si no le digo lo que siento». «Guarda silencio, no es necesario que lo sepa, debes salvar la familia, vete tranquila y ven a verme después de Navidad», dijo mientras se dirigía hacia los Reyes Magos, empujaba la puerta, me señalaba la salida y regresaba a la nave central de la iglesia. Me sentí echada y le dije: «Si estas son estatuas nomás, por qué son tan importantes». «Porque las personas quieren ver el pesebre, lo que idolatran, debemos respetar los ritos, la gente necesita ver el poder de Dios, o si no, no vendrían». «Gracias, vuelvo otro día», dije mintiendo, total, él me recomendaba que mintiera. ¿Cómo pueden ser más importantes las figuras de yeso que las personas de carne y hueso?, me dije, estaba furiosa, indignada, estaba a punto de tirarme del puente y el cura se preocupaba más por las ceremonias que por mi conflicto con la verdad y los sentimientos. ¿Y la sinceridad y todos esos valores que la Iglesia pregona, en qué parte del pesebre quedaron?".

Detuvo el relato, dejó el cuaderno en el asiento y reemprendió la fuga. Frente a un semáforo recordó lo que contestó a su amigo cuando le preguntó: «¿Cómo te fue con el padre Lucas?». «Estaba haciendo marketing y no tenía tiempo para ocuparse de mi problema y menos de la honestidad, tu cura me recordó a los políticos que no escuchan a la gente, suben al púlpito para hacer teatro, levantar un ídolo y ganar adictos».

Mientras rebobinaba, recordó el glaciar que debió atravesar después de confesar a su marido que se sentía atraída por otro hombre. Hizo conciencia que logró salir de aquella crisis tomando el camino de hielo de su verdad, ahora tomaba el mismo camino y lograba salir de la ciudad.

En cambio yo quedé empantanado en esa realidad humana tan común donde se nos cruzan nuevos seres cautivantes que son tan fáciles de amar y quedamos enredados en represiones y culpas, odios y traiciones, resignaciones, suicidios y homicidios, por los siglos de los siglos… amén. Las esquinas y la literatura están colmadas de novelas de amores cruzados. ¿Quién tira la última piedra? A mí lo que me atraen son las historias de amor hacia uno mismo, ahí comienza a gestarse la historia del hombre y el mundo. Sé que no importa la opinión del escritor, pero sentía necesidad de decirlo.

CAPÍTULO 10

Seguía convencido de que el viaje al pasado de esa mujer se iniciaba como en los círculos de Dante. Ella estaba en el Limbo junto a los locos, los científicos, los poetas y los niños no bautizados, con los sin fe en Dios. Para colmo ese cura *progre* le aconsejó ocultar; el religioso tenía confundido olvidar con hundir la verdad y esa mujer no era idiota. En cuanto a eso yo tenía una posición tomada: no es la confesión, es el relato lo que libera, y un buen oído la hubiera ayudado.

Lo anecdótico es que al citar el Limbo detuve la escritura y me dispuse a investigar, y por casualidad o por *pura causalidad,* como dice Galeano, descubrí que el Limbo fue abolido por la Iglesia Católica recién en este siglo XXI, cuando consideró urgente su invalidación ante el incremento de niños muertos sin bautismo y, en consecuencia, privados del Paraíso. El texto oficial decía: *"¡La misericordia de Dios quiere que todos los niños sean salvados!"*. Por supuesto, pero la Iglesia se tomó siglos para resolver el tema. Me sorprendió descubrir que la reforma la impulsó Juan Pablo II por el duro golpe que recibió en su infancia: cuando tenía nueve años, su madre falleció al dar a luz a una niña que vino al mundo muerta. Desde entonces, Wojtyla, el Papa polaco, se preocupó por el alma de su hermanita no bautizada, que no podía entrar al Paraíso. La memoria del trauma lo llevó al clérigo a adoptar una conducta positiva; un dato a tener en cuenta en esta historia: la memoria del trauma.

Ese pensamiento me regresó a la novela: ¿debía yo saber si esa mujer quedó traumada porque engañó al marido o tan solo por fantasear con otro hombre? Y cuál es la diferencia, pensé, con qué engañamos más los hombres y las mujeres, con el cuerpo, la mente o el corazón. ¿Cómo nos fragmentamos si somos una entidad? Tal vez la traumó abortar sus deseos. Matar los sentimientos nos mata un poco, es lo que somos, carne y sentimientos. Lo que sí alcancé a saber fue lo que pasó aquella tarde en el río con su amigo Juan Manuel, y eso les voy a contar:

Pescaban los amigos en una tarde fría, razón por la cual las manos de ella se adelgazaron y la alianza de oro se le salía del dedo con cada movimiento. Juan Manuel la observaba. Al rato le dijo:

—Para molestar nomás sirven estas cosas.

—Sí, la verdad, no significan nada, todo está adentro —contestó ella.

—Tiralo a la mierda entonces.

—Estás loco vos.

—Si te jode ¿para qué lo querés?

—¿Qué?, ¿el matrimonio o el anillo?

—El anillo, ¿o te jode el matrimonio?

—No, a veces nomás, ¿y a vos?

—A mí bastante, la gorda no entiende mi pasión por el río, me conoció así y ahora no me entiende.

—¿Y por qué tenés el anillo puesto?

—Porque ella quiere, si me lo saco hace un escándalo y estoy podrido de escenas. ¿Y si los dos los tiramos al río?

—Pero son de oro.

—Y qué importa, boluda, vender no los podemos vender, dale, los largamos al agua en homenaje a nuestra amistad.

—No es mala idea, pero que se vayan juntos con la correntada.

—Para eso tendrían que nadar a la par, lo que no quiero es que queden enterrados en el fondo. Ya sé lo que vamos a hacer.

—¿Qué inventaste ahora?

—Al primer pez que saquemos le enganchamos los dos anillos en el lomo, como las marcas que le ponen los de Dirección de Fauna, y así van a nadar juntos. Acá en la lancha tengo la aguja para eso y si querés podés escribirle algo en la tarjeta que después recogen los investigadores, ya veo que esos guachos se los van a robar.

—A ver, mostrame —dijo ella tomando la aguja, el gancho y la tarjeta—. Le pongo *por nuestra amistad.*

—No, muy común, ponele onda, pensá otra y en la posdata agregá *si los roban tendrán mala suerte.*

—No entra nada en este papelito.

—Si los roban se ahogan, ¿entra?

—Tarado.

—Bueno, ponele *por el río.*

—*Por el río y los peces.*

—Esa me gustó, y la posdata *para los buscas.*

—¿Qué será lo que pescaremos primero? —preguntó ansiosa.

—Un dorado—dijo él.

Ella no habló, deseó que fuera un plateado salmón, menos buscado y más solitario. Y al final fue un pirápytá. Los deseos y las intuiciones de esa mujer tenían una fuerza increíble, aunque ella no lo supiera. Lo que ignoro es lo que pasó cuando volvieron a sus casas sin los anillos.

Si le doy gas a la historia tengo que confesar que cuando devolvieron el pez con el mensaje se miraron con tanto peso que bajaron los párpados y tiraron al agua los pensamientos de ambos:

¡Lo quiero tanto que podría amarlo ya y sin culpas; y si el corazón no tiene límites, el cuerpo no debería ser una barrera, ¿no?

No me la como de un bocado ya, no sé por qué, adoro a esta mina, tendría que hacer lo que siento, todo lo demás es basura.

Ese día supieron que podían llegar hasta el final. Pero ese día ganó la corriente de las convenciones, en esos años no existían los *amigos con derecho a sexo.* No supe más, tendremos que imaginar cómo resolvieron el gran desafío de los humanos: ser fieles a los sentimientos.

CAPÍTULO 11

La mañana

Manejaba y desaparecían los edificios. Casas aisladas y burbujas de follaje iniciaban la pausa vegetal. Asomó un camino de tierra y por fin un letrero que pintaba “..........”, el nombre de la posada que no contó a nadie. Encontró la tranquera cerrada. *¿Cómo? Si yo hice la reserva. ¿Qué pasa? ¿Bajo? Me muero si me salen perros*, se dijo mientras recordaba que era su marido quien siempre descendía en los predios desolados, protegiéndola. *¿Qué hago?* Bocina. Silencio. Nadie. Enfrentó el pánico. Descendió y llamó: «¿Hay alguien?». Palmoteó. Que no la recibieran la disgustó, tomó coraje y abrió la tranquera. *Avanti che la bataglia e nostra*, se alentó.

A medida que el auto avanzaba en segunda, olvidó poner la tercera, sus faroles se extraviaban en un espejo de agua, en un delta de arena, entre árboles añosos, silbos de eucaliptos, cabañas de madera, brisas húmedas, trinos y sombrillas de pajas. Un telón se abría y le mostraba el escenario de su deseo. Se sumergió en la geografía de los esteros.

Alguien salió a recibirla. Frenó.

—Buenos días, señora, avisé que venía hoy.

—Sí señora, la esperábamos. No sabíamos que llegaría tan temprano. ¿Qué cabaña quiere?

—Con vista a la laguna, por favor. —Desembarcó nerviosa.

—Perdone señora, es que la laguna central está casi seca, este año no vino la lluvia. Le muestro la cabaña que está cerca de la laguna grande. Puede llevar el auto hasta allí si lo desea.

—No, mejor camino —contestó y avanzaron a la par.

—¿Cuál es su nombre?

—Margarita.

—¿Y el suyo?

—Verona.

Por fin escuché su nombre. Adelanto que me gustó, me llenó la boca.

La cabaña blanca era sencilla, bonita, tenía un ambiente amplio de cocina comedor, un dormitorio con cama matrimonial y ventanas suficientes. La que se aproximaba a la laguna estaba perfecta. Verona dijo: «Gracias, me quedo acá».

Acomodó la música, libros, bolsos y se sintió urgida de salir en busca de la naturaleza. Aspiró los humedales para limpiarse del aire contaminado de ciudad, bordeó el espeso pinar que protegía las aguas peinadas por el viento. Llegó hasta la puntilla del césped y dejó ir su mirada. Inundada, regresó a la cabaña a buscar el equipo de mate, el cuaderno y una reposera. El rocío que dormía sobre la arena le mojaría las nalgas que aun portaba firmes, su niñez y juventud deportiva daban firmeza a su figura que no delataba su blandura interior.

Verona susurraba: *¿Cómo nombrar este momento tan libre, si no alcanzan las palabras de mi vocabulario?* La contemplación transcurría sin ritmo de reloj, se paró, se desdobló y desde el futuro describió su presente.

Lo tituló…

Escape uno

"Me faltaban días para cumplir 45 años y por fin escapaba y me apropiaba de mis horas. Cuando comencé a escribir, estaba sentada mirando el más simple de los paisajes. Una laguna silvestre rodeada de eucaliptos, de palmeras y alguna que otra casita blanca. Plantas que dormían sobre el agua. Aves de canto dulce. Voces desentonadas de cotorras. Repetidos croares y gritos presuntuosos del 'bicho feo'. Pimpollos amarillos surgían de las aguas y mariposas perfectas me rozaban. El rocío brillaba sobre los pastos. Mis dedos encontraron dos alas solitarias desprendidas de un alguacil. No me explicaba cómo quedaron liberadas y enteras. Las lágrimas sobre las alas me

contaron que la luna las puso plateadas. Era todo el mensaje que necesitaba: cuatro alas, las mías y las que me obsequiaban ángeles azules.

Las tulipas se abrieron como canastillas de trigo. También las flores traían un mensaje de entrega. Y bajaron dos teros a dar su testimonio, delatores de visitas y encuentros. No son bellos, pero se los extraña tanto... Todo silencio de laguna debe ser estropeado por un curioso tero. ¿Sabés? Hoy de nada me quejo".

Empujó el papel y recostó su libertad sobre la alfombra verde.

Durante esa primera mañana, la escritura fue la canoa que navegó a Verona por el estero. Se veía a sí misma diseñada, ínfima y queda, dibujada en la esquina inferior de un cuadro de Turner.

Zigzagueando llegó hasta la sombra exuberante de un gomero; estimó que el árbol tendría un siglo cobijando pájaros. La copa se alzaba sobre un tronco robusto, que eran muchos troncos entrelazados, las ramas expandían raíces adventicias en toda su circunferencia y sostenían una fronda pesada. Se convertía en símbolo para Verona: *Este soberbio ejemplar que para ampliarse sacó raíces desde las ramas, me dice que para crecer hay que ramificarse en todos los sentidos.*

Recorrió con las yemas el altivo linaje, imaginó que esos brazos leñosos eran de un amante que la poseía bajo una capa verde. Entregó su espalda y quedó tumbada sobre el ángulo obtuso que el viento norte talló al gomero. Giró, lo abrazó y lloró sumisa ante tanta belleza inmerecida.

En su caminata de regreso al casco central, encontró a Margarita barriendo guayabas al compás de sus caderas chamameceras. Preguntó por qué las barría y no hacía dulce, la escandalizaba testimoniar que los lugareños no aprovechaban las frutas de la región, tal vez porque crecían en abundancia. La casera contestó: «Mamaíta murió y se llevó la receta». Verona se ofreció a hacer el dulce y recogieron los frutos, atrapadas por los aromas escandalosos del guayabo. Cuánto disfrutaban los pies de Verona el ritmo rastrero del chamamé, la frescura del césped y jugar a las escondidas con las espinas de los abrojos. Sus dedos reían, ella los oía.

En la cocina, Margarita le contó que el paraje pertenecía a un abogado que estaba harto de la justicia y de los políticos que manejaban los tribunales. «El doctor dejó la profesión para hacer este lugar turístico», dijo, «y también escribe y pinta cosas raras». El lugar, contaba la casera, se estaba por perder porque no daba, la gente no venía y el gobierno no ayudaba, el proyecto estaba en venta. *El dueño dejó la profesión por lo que soñaba, yo no, ¿qué quiero hacer con mi vida?*, se preguntó Verona mirando al estero que no sabía de cuestionamientos, él siempre supo quién era y para qué estaba esparcido sobre la arena.

La historia del emprendimiento acrecentó la fascinación de Verona. Todo confabulaba. Al mediodía, Margarita le ofreció milanesas, Verona aceptó y antes de las trece horas, una fuente con ensalada, carne, vino y pan golpeó a su puerta. Una maravilla. Ella recibió la siesta como las caricias de un hombre después de hacer el amor, las más importantes, las que sellan.

Cuando Margarita regresó por la vajilla, el mate que le ofreció Verona inició una ronda de preguntas y respuestas:

—¿Pudo descansar?

—Sí, el susurro del pinar hizo un arrorró de cuna y menta.

—Mi mamá me cantaba una canción dulce como el *ñangapiry*, y yo me le pegaba como sanguijuela, ahí me dormía.

—¿Dormías con ella?

—Sí, hasta los quince, que me junté con Juan.

—¿Y te dejó ir de tan jovencita?

—Ella quería, nosotros estábamos apretujados en el rancho, dormíamos en el piso y se acostaba mi tío, un vago, un *baboso* como dicen las chicas de ahora, y cuando venía borracho mi mamá me pegoteaba a ella, porque mi mamá sabía que el Pancho se me quería tirar encima. Mi mamá no fue a la escuela, pero no era bruta, sabe. Ella y mi Juan me salvaron de ese atorrante que se quería aprovechar de mí desde que yo era así de *angacita.*

—¿Y tu papá te protegía?

—No, mi papá no, mi mamá nomá, yo era la puntilla de su pollera, como *ñandutí*. Natividad se llamaba, vio qué lindo, era valiente, usted no sabe, mi tío no se le animaba, ella siempre con su cuchillo en la cintura, una faca de su abuelo.

—Las madres tienen instinto animal para cuidar a su prole —dijo Verona mientras recordaba las agallas de su madre sacando a su hermano de las manos de los militares en épocas de represión y barbarie.

—Ahá, usted sabe que de grande yo me di encuenta que también la protegí a ella, porque mi papá le pegaba, decía que a las mujeres hay que darle una buena tunda de entrada nomás pa´que aprendan, y cada tanto la zamarreaba de lo lindo, porque sí nomá, pero a los hijos no, el abuelo rubio decía que no porque salen delincuentes, y cuando yo estaba con ella no le levantaba la mano, viera usted, no se le animaba.

—Las mujeres hablamos una misma lengua —murmuró Verona.

—Hay que defenderse de los que le hacen el mal, doña, ¿no le parece? Cuando conocí al Juan, de entrada le dije que me emprometiera que jamás de los jamases me iba a pegar a mí ni a mis críos o le cortaba la mano con este, ve, me lo juró y acá estamos, lo otro se aguanta.

—No siempre —contestó sonriendo Verona y Margarita sonrió también: parecía comprender muchas cosas.

—Bueno doña, la dejo con sus libros.

La tarde

El atardecer fue tan dulce como la mermelada que golpeteaba en la olla negra.

Verona animó sus pasos al pinar y encontró caído un nido de tacuarita, un pájaro pequeño de la región de tonalidades marrones y trinar melodioso. Lo levantó, mostraba un diseño perfecto, tejido con hojas de color ocre y con hilos vegetales desprendidos de los pinos. El nido entraba en la palma de su mano. Los pájaros le construyeron un ojal para colgarlo, sabían que su casa podría caer de las torres verdes por la violencia del viento norte. Era perfecto. Tenía forma de ánfora y a Verona no le extrañó que Aladino hubiera soplado su magia en ese paraje.

Esperó. Nadie reclamaba el hogar que anidaba en su mano. No lo devolvió, era otra *señal*, hallarlo era un mensaje y no lo dejaría pasar, aun cuando todavía no descubriera su simbología.

Extendió su túnica sobre la arena. Se deslizó sensual y saboreó la calidez que traspasaba la tela. Su figura delgada portaba espaldas dadivosas y caderas angostas. Alta. El cabello oscuro y ondulado estaba levantado por una hebilla turquesa. Una pequeña bikini negra y atrevida desnudaba una geometría atractiva.

Verona despidió la tarde en el papel.

Escape dos

"Inconcebible lo bien que me siento. Crisálida de fuego. Corren las hojas secas de eucalipto. Danzan en torbellinos de sílfides. Caen y escapan. La que quedó trabada aletea como un cisne negro. Los patos meriendan alevinos y hasta puedo sentir el toctoc de sus picos al tragarlos. Esto no tiene precio. Aromas de menta llegan en ráfagas del sur. Estoy aquí con mi boca sobre la arena aplastando recuerdos o trayéndolos de regreso para diseñar palabras que me expliquen. A esto sí que lo merezco. Me sostienen diminutos granos de piedra y me siento más pequeña que ellos bajo un sol que comparte el cielo con la luna. Una brisa indiscreta investiga mis rincones y descubre el vacío y la espera. No puedo creerlo sola y no tengo miedo. Rayos

violetas se filtran entre mis piernas para indagar secretos de aquella primavera".

Me sorprendió y agradó de verdad el nombre de esa mujer, una mezcla de varona y el nombre de la aldea italiana de Romeo y Julieta. Es una lástima que se haya dejado de usar el término *varona* para referirse a la mujer, me gusta, par a par con el varón. Quedé pensando si aquella primavera sería importante. La memoria es un laberinto con puertas y candados. Ella no los abría a todos ni de par en par, en ese momento solo abrió una ventana de su adolescencia y supe que tenía complejos físicos por sus senos grandes y por sus dientes pequeños, tristezas exageradas y algunas ideas de suicidio propias de su romanticismo y de su lectura de Alfonsina Storni. Lo que me alarmó fue que Verona tomara conciencia recién de adulta de haber padecido síntomas de anorexia: vómitos provocados, amenorrea y que su familia nunca lo advirtió. Pasar inadvertida no era poca cosa. Indagué en esos vínculos y encontré que fue la única de su familia que concurrió a un psicólogo por varios años, además de su madre maníaco-depresiva. El resto de la familia parecía no tener nada que revisar y que todo lo tenían resuelto. Pero no era así. Algo anduvo mal en el matrimonio de sus padres porque en la lucha de poderes uno salió victorioso y el otro malherido; y como de costumbre, los reproches del fracaso matrimonial cayeron sobre el vencido, sobre el más frágil, su madre.

En ese núcleo se cumplió la ley de sobrevivencia del más fuerte y no tenía por qué ser la excepción: el uso de la fuerza física, psíquica, intelectual, económica, armamentista, o la que sea, reina en las relaciones desde el origen del hombre. No quiero regresar al pasado sin ella, será Verona la que lo muestre. Por ahora la acompaño en el escape y en su borrachera de libertad.

CAPÍTULO 12

La noche

Verona recibió a la oscuridad en calma, cenó solitaria en la cantina de la antigua casa de campo.

La vivienda, sostenida por vigas de lapacho, estaba techada con tejas musleras, llamadas así porque eran construidas por los guaraníes con arcilla, usando los muslos como molde.

La música no sonaba, el viejo equipo estaba roto. Pero Verona sentía su música interior mientras imaginaba que compartía la cena, que un amante la acariciaba debajo de la mesa y de la falda roja. La velada se deslizó sobre el terciopelo del vino y al concluir fue a rozar el agua, y acarició sus pies. Se recostó sobre la humedad de la arena y poseyó la noche o la noche la poseyó tallando su cuerpo con golpes repetidos de cinceles, grabando en la playa el temblor de sus contornos. El misterio se enterró bajo la luna. Solo los ojos de Margarita, detrás de las mirillas, testimoniaron su gozo. Verona pensó que podía sentirse segura, que las fantasías seguían siendo invisibles y era libre de entregarse como y cuando se le antojara; y si quería, también a sí misma. Anhelaba descubrir la dimensión de su sensualidad hasta las fronteras de su geografía femenina. Alcanzar su máximo placer era un desafío pendiente, no quería cargar con la cruz de morir inexplorada. En los amores tenidos solo ofreció pedazos y sospechaba que algún hombre haría estallar su mina de piedras. Entonces, se dijo que sería necesario un *lambemontaña*, (solía enamorarse de algunas palabras), un minero capaz de traspasar sus estratos hasta el magma. Ese deseo que se llevó a la cama la impulsó a un monólogo: ¿Por qué el hombre no indaga sobre las fantasías de su mujer? Solo le importa saber si le somos infieles, nunca entendí cómo no quieren enterarse si tenemos ganas de estar con otro, si para nosotras entre desearlo y hacerlo no hay mucha distancia, idiotas, ratonearnos nos aleja más que salir con un tipo y no sentirlo. ¿Entonces, qué es más real, lo que sucede dentro o fuera de mi cabeza? Graciela dice que son machotes vanidosos, que solo cuidan su imagen frente a sus congéneres, si los amigos no se enteran se bancan las *guampas*. Y tiene razón, si Mariano me preguntara si le fui infiel estos días, ¿qué tendría que decirle? Mi verdad no le interesa. ¿Alguna vez aceptaremos quiénes somos? Y lo peor es que esto de vivir mejor con la mentira no es patrimonio exclusivo del varón, las mujeres también preferimos la historia que nos armamos antes que conocer al hombre con quien vivimos, lo común es escuchar: «Yo no quiero saber, más vale que no me entere», no les interesa si la pareja le es infiel, ni por qué, ni a qué sentimiento le está siendo fiel con la traición, lo que les importa es "no saber". Esa conclusión conectó a Verona con una conversación que tuvo poco antes con mujeres más jóvenes. Ella le preguntó a Lily:

—¿Vos sos feliz en tu matrimonio?

—Sí, me volvería a casar con mi candidato mil veces.

— ¿Y qué harías si te enteraras de que tu marido hace dos o tres años atrás salió con una mina?

—¿Cuánto tiempo?

—Qué importa, un mes o dos, lo que sea.

—Lo dejo, no podría perdonarlo.

—Pero Lily, pensá, si durante estos años fuiste feliz, quiere decir que esa infidelidad no impidió que lo quieras; entonces, ¿por qué lo dejarías ahora?

—Ya no sería lo mismo, iría a la cama pensando en eso.

—En realidad pudiste, solo que la desconocías, ¿eso qué te hace pensar?

—No sé y no me importa, lo mando a la mierda.

—Si viviste con una mentira, por qué no con la verdad, al final ¿vos querés al hombre que te inventás o al que es?

—Dejate de hincarme, Verona, no sigo.

Mientras su amiga le lanzaba llamaradas, a Verona le regresó aquel dolor agudo que le subió la tarde en que él le dijo que había estado con otra mujer, que esa mujer lo escuchaba y lo quería como era. Verona tuvo que ponerse de costado para continuar la charla con sus amigas y eludir las agujas en la espalda.

—Fijate, Lily, en las musulmanas, les inculcan desde pequeñas que tendrán un marido con varias esposas y se las bancan hace siglos; a los rusos, en este siglo XXI, los subsidian para que tengan más de una esposa porque a la sociedad le faltan niños, ¿y ellas qué? se las bancan. En la Argentina tenemos que ser monógamos o vienen los castigos sociales y legales, ni hablar de los femicidios, yo pregunto: ¿hombre y mujer son monógamos por naturaleza? Si actuáramos con libertad, sin tanta carga, podríamos conocernos, es lo que importa, ¿no? Ser, no es ni bueno ni malo, hay tantos códigos de ética como civilizaciones. ¿O no?

Verona recordaba los rostros de sus amigas en suspenso. Ninguna se animó a mostrar el susto que tenía. Ella cruzó la raya, metió la pata como siempre. *Soy una bocona*, se dijo, *cada una revisa el libreto de su película, si quiere, y hace su fórmula*. Pensando en la fórmula recordó al pícaro español escritor que en una charla de café le señaló que lo importante es ser fiel al proyecto y leal a la mujer. O sea que se podía ser infiel a la mujer pero no al proyecto de familia. Aun no sabía si era un juego de palabras, una fórmula para tirarse un lance o un pensamiento profundo.

Lo que Verona sí sabía era que su crisis no pasaba por el matrimonio ni por su estado civil ni por un hombre u otro, pasaba por su médula, en su ADN estaba el nudo; si no era fiel a sí misma, su vida corría peligro.

Dejó descansar la memoria y se dijo: *Ojalá pueda aprender de este paisaje tan genuino.* Durmió mecida por el canto del camalotal.

CAPÍTULO 13

La segunda mañana

El segundo día de escape relucía. Verona buscó la ranita verde que se dedicó a sobresaltar su noche cayendo desde el techo a su almohada una y otra vez. El animal intentaba subir y la condenatoria ley de gravedad lo desplomaba con un golpe seco. *Una señal*, pensó, *yo tampoco puedo ir contra la corriente y el peso de mi sangre*.

Después de desayunar caminó satisfecha sobre la hora de los nacimientos. Pero cuando Verona posó los ojos en el agua y el viento se llevó su mirada, recordó la partida de sus hijos hacia la ciudad universitaria y el vaciamiento de la casa. Su generosidad, ese desprendimiento por la libertad de sus hijos fue demasiado grande, sin buscarlo ingresó en las nostalgias de las despedidas. Escribió:

"Dolientes son las despedidas del rostro contra el vidrio cuando un hijo se marcha. De las voces de tus niños cuando se apagan. De un amor oscuro en oscuras madrugadas y del picaflor en tus pestañas. Dolientes son las despedidas todas hasta el adiós de la última letra en las palabras".

Cerró el cuaderno y tuvo miedo del dolor que se le venía encima; conocía esa horrible sensación de achicamiento, y tal vez, para no desaparecer escribió:

¿Por qué mi miedo tiene forma de niña?
Frágil indefensa solita en una hamaca
expuesta al abandono
y al temor de que le quiten
la ilusión del juego.
Tal vez mi miedo toma forma de niña
porque oye la vida como un cuento
y teme despertar cuando la empujen.
Aun así, la pequeña desciende
y los pies que volaban como cardenillas
bajan a la tierra que ensucia sus zapatos
y detiene el columpio de las maravillas.
Aun así, de pie se ha puesto mi niña.

La nostalgia fue interrumpida por el dueño del lugar que se acercaba a saludarla intrigado por los comentarios de la casera... era una señora sola que vino a escribir.

El hombre, cincuentón, de caminar firme, tallaba una silueta temperamental en el paisaje. Mantuvieron una conversación amena. Él transmitió sus experiencias con las cabañas, el dolor de la despedida de sus sueños junto al cartel *"En venta"*. «Oh, sí, las despedidas», susurró Verona. El hombre habló de su proyecto de vivir en México, dejar la abogacía y producir papel artesanal con papiro egipcio que sembró alrededor de la laguna y con hojas de palmeras de la región: pindó, mbocayá y carandaí, nombró alardeando.

Verona contó de lo invadida que se sentía por la profesión y toda la maldita basura de la sociedad *fast-food*, y lo felicitó por el paraje turístico. El hombre mencionó que ese era su hábitat privado, que su esposa vivía en la cabaña del otro lado del estero, y alargando el brazo señaló una casa distante. *Ya está insinuando que está separado,* pensó Verona y su mente la llevó hasta la mesa de un bar y a los comentarios de sus compañeras de la secundaria, todas separadas: «Nunca creas cuando un hombre te dice que se está separando, siempre andan re-mal con su mujer y están por divorciarse, y no, nunca llega ese momento, hoy en día la fidelidad está solo en los equipos de sonido; mirá Verona, vos no te separés, cuidá la merca que no se consigue, los hombres no quieren compromiso, solo quieren levantar el tubo cuando se levanta el tubo de ellos». «El matrimonio atenta contra la salud mental», insistía Eva, «hasta de separada te joden, no se bancan verte bien, somos una cosa que quieren tener, cuando nos pierden nos volvemos apetecibles, como la ley del mercado». «Y nosotras caemos en la trampa», agregó Verona, mientras le subía la acritud que deja descreer en el amor.

Ese sabor la regresó al hombre extraño que seguía hablando y pavoneándose ante ella, mientras Verona creía distinguir en la orilla remota a la esposa que miraba hacia ellos y esperaba. De pronto el hombre arrugó el rostro y exclamó:

—¡Mirá lo que hace esa mujer! Por favor, mirá lo que está haciendo.

Verona giró, una señora de edad mediana, regordeta, acompañada de un niño, caminaba rodeando la laguna. En su mano derecha hamacaba un cuchillo y en la otra transportaba largos tallos de papiro. Verona vio que el hombre se sostenía la cabeza con ambas manos, parecía que iba a caérsele.

—Los cortó, los cortó.

Verona, conmovida, se ofreció a detenerla.

—No, ya los cortó a todos.

—Vamos a decirle —insistió Verona, mientras concluía que esa era una muestra más del desprecio de la gente por los recursos naturales y que ese transitorio paraíso tampoco estaba a salvo de la contaminación expoliante.

Avanzaron hacia la intrusa.

—¡Qué hizo, señora! Por favor, cómo pudo cortarlos, eran papiros que encargué del Nilo para fabricar papel.

—Disculpe, no sabía —respondió la mujer con la misma desaprensión con que los amputó—. No había ningún cartel.

Verona reaccionó:

—¿Necesita un cartel que le diga *"Prohibido matar las plantas"*?

La mujer no contestó y se alejó.

—No te digo yo que el hombre necesita leyes porque no sabe vivir en libertad; si fuéramos libres, qué lío, ¿no? —comentó recordando el quilombo que estaba causando con su toma de libertad.

Luego de constatar el daño alrededor del estero, retornaron. No tenían nada que hacer en la escena del crimen, el hombre, indignado, lo decía: un crimen es un crimen.

Pese a su pérdida, no se olvidó de tirar anzuelos, señuelos y carnadas a su huésped y de invitarla a quedarse más días en la cabaña, sin cargo. Verona sonrió, no dijo, no ofreció ni pidió nada, estaba cautivada por su escape y por la naturaleza, quería proteger su libertad. No sabía si saldría viva de esa rebelión.

CAPÍTULO 14

La segunda tarde

Las horas con luz transcurrían entre lecturas, contemplaciones y charlas con Margarita, que llegaba con tortas fritas tibias y crujientes. Ante el vacío de turistas, Verona preguntó quiénes visitaban el complejo.

—Los días entre semana vienen algunas parejitas. —Hizo un guiño de ojos y siguió—: y los fines de semanas, las familias.

—¿Y cuándo se ocupa esta parrilla tan inmensa? —insistió Verona ante un asador de seis metros y dos hornos de barro.

—Bueno, se usan para los asados políticos del señor, que son del partido del gobernador, siempre los vemos juntos en la televisión y deben ser cosas importantes porque nosotros tenemos que cocinar y rajar antes de que lleguen.

—O sea que acá se cocina la política —comentó Verona.

Margarita no entendió la sutileza, pero sabía que allí se comían a su provincia.

Verona deambuló sobre el paisaje, separada del nivel de la tierra, liviana.

La segunda noche

En la noche le preguntaron qué deseaba cenar. «Lo que coman ustedes», respondió.

José, el marido de Margarita, como todos los sábados haría un asado para su familia y Verona fue invitada.

Qué mesa. Única en el vacío comedor, cubierta con un mantel de hule floreado que alardeaba la flora del lugar. Verona se sentía halagada por esa familia del interior que le hacía un espacio en su mesa. Las hijas mayores de Margarita irían a la bailanta y los últimos retoños corrían en duplicado por el salón, porque la vida, por suerte, comentó Margarita, les regaló mellizos machos en sus últimos años de fertilidad; eso les garantizaba ayuda para las duras faenas.

El género masculino es una herramienta de fuerza más útil que la mujer, concluyó Verona, mientras se apenaba por esos niños que tenían el destino señalado desde antes de nacer.

Margarita la ubicó en la cabecera de la mesa. Sintió pudor, la estaban mimando. *La vida es buena conmigo*, se dijo.

Diluidas las inhibiciones, Margarita contó sus temores ante el inminente cierre del establecimiento: «Tantos años que le dimos a este dotor, toda mi familia laburando para estas cabañas, adónde vamos a ir a parar si nos sacan de acá, no sé si nos van a indiemnizar como le dicen, estamos en negro y José nomás tiene papeles y le dijo el dotor que a la casilla esa de la entrada, vio doña, donde vivimos, la tenemos que desocupar... Le digo que nos van a joder, la gente que salió del pozo como yo ya sabe cuando la van a tirar otra vez. ¿Qué le parece a usted?, ¿y con la escuela y la salud de mis hijos, yo que hago?». Mientras hablaba, Margarita hincaba a José: «Contale a la dotora». El esposo no dijo nada.

Verona advirtió la valentía de Margarita y se sintió hermanada, le recomendó pasos a seguir; había abogados en su familia, si el dueño los dejaba fuera de la transacción quedarían entrampados en un sinuoso juicio laboral, manoseados por abogados inescrupulosos. Esa familia estaba lejos de que se hiciera justicia.

Cargando el desamparo de esa gente regresó a la cabaña, en la total oscuridad y sin miedo. *Nada de esto hubiese vivido si venía con Mariano, conversar con los lugareños sobre sus problemas, compartir la cena, no hubiese pasado*.

Su marido, poco sociable y reservado, habría considerado al comportamiento de su esposa un exceso, un atrevimiento, y ella no habría sido espontánea como lo fue. Estaba encantada con la velada. ¿Si era tan fácil, por qué le resultaba tan complicado vivir a su manera? ¡Qué atractiva y sensual sentía la libertad!

Buscó su mantilla de verano, colocó el equipo de música fuera de la cabaña y giraron canciones latinas que el hijo menor le grabó, ese hijo tan seductor, tan estético, tan sol, tan parecido a la madre de Verona; su sonrisa se amplió al recordarlo. Pero no eran tiempos de pensar en los hijos. Extendió la manta sobre las hierbas junto a la laguna seca, rodeada de papiros asesinados. Rostro al cielo dejó que su mirada se internara en el cosmos y se confundiera con los ojos del universo. Tomó baños de plata y minutos después la farola la autorizó a deslizar el lápiz:

"Sábado y no te extraño. El hoy y el aquí no son tu lugar. Son mi lugar. No podría estar mejor en ningún otro paisaje. Es la primera vez que siento con todos mis sentidos y estoy más despierta que nunca. Estoy en el punto exacto en que se detiene mi destino. Este paraje y la noche negra no me asustan. Lo que dejé cerca o lejos no me convoca. Lo que me dejó no me reclama. La melodía en whisky me hace gozar sin compañía.

Las horas no me pesan. El reloj anuncia la fuga de mosquitos. Luis Miguel llora canciones que no lloro y ausencias que no sufro. Los que no me abandonan son la brisa y el cusco que lamió mis heridas.

Las arañas duermen. Hace apenas segundos trabajaban en sus hilanderías y ahora son esferas diminutas colgando en el espacio. ¿Así estoy? ¿Suspendida por hilos invisibles haciendo equilibrio? Hacía tiempo que una luciérnaga no intercambiaba sus latidos con los míos. ¡Es que me he perdido tanto! ¿Y vos?".

Cuando el rocío comenzó a humedecerla, se rescató y regresó a la cama por un sendero blanco que rielaba su destino. *Claro de luna,* dijo en voz baja. *Genuina,* la corrigió aquella voz extraña escondida en su cabellera.

Sabía yo que si ella narraba su vida con las palabras exactas iría tomando el camino adecuado, alguien lo dijo antes: *"El que vulnera lo que digo, vulnera lo que pienso"*, y creo que Verona estaba entrando al bosque para abrir las trampas en las que cayó. Yo debía estar cerca de ella por si volvía a quedar entrampada, había caído varias veces y solo salvó crubicas.

CAPÍTULO 15

Últimas horas

Durmió pese a que no pudo cerrar las ventanas rotas y estuvo expuesta a los *peligros* que la acechaban, así lo anunciaban la sociedad y su esposo. Eran miedos necesarios que debía tener, le decían, para proteger su vida, trancar, poner llave, tomar mil precauciones. Verona lo hacía pero igual no sentía segura su biografía. Se resistía a una actitud defensiva.

Despertó más libre que nunca. Lloviznaba. Flotando preparó el mate y mientras caminaba hacia la laguna, recitaba: "*Llover lloverte toda lluvia es bendita*". Al volver se acurrucó bajo la ventana y la música y se derramó:

"Tu cama está hecha para no dormir", canta Sabina; y mis voces están hechas para no callar, escribo yo. La lluvia me está echando y trae almas secas que corren asustadas bajo los paraguas. Mis brazos amputados se resisten a partir y mis piernas cuelgan como agujas de un reloj fracturado. El cielo no soporta este adiós y se apiada de mí. Sabe de la soledad a la que vuelvo. Vestigios. Las gotas insisten que me vaya, que no llore. Ellas borrarán los rastros...Y no quiero ser borrada".

Preparó su bolso cantando. Revisó la cabaña pese a que se sentía completa y no creía olvidar ningún fragmento. Vio la bandeja y recordó a Margarita. No podía irse sin dejarle un presente. Recuperó el cuaderno, miró el árbol de guayaba y emanó silvestre, con frescura:

"Margarita
¿qué sería este lugar sin ti?
un estero sin tulipas amarillas
una cocina de campo sin torta frita
noches de luna sin luciérnagas
madrugadas sin estrellas
laguna sin plateadas mojarritas
ni caracolas de arena
¿Qué sería del paisaje sin Margarita?
La que puebla de niños las mañanas
la que cansada camina desde su casa
hasta la antigua cantina
la que aroma las tardes
con dulce de guayaba
la que calla deseos enterrados
Este verso es para ti Margarita

porque haré con tu recuerdo
lo que hacía de niña deshojando la flor
y me encantaba:
"me quiere mucho poquito o nada"
Me quiere".

Dejó el poema sobre la mesa.

Supo que el sabor a menta de su aliento venía de los versos. Al cerrar la tranquera, algo en su cuerpo le dolió, regresaba al lugar de partida. Pero ya no era la misma.

Cuando pasó frente al cementerio, descendió a su madre: «¿Te gustó vieja? ¿Viste que se puede? Fascinante, inenarrable, ¿verdad?».

Alguien le contestó desde el asiento trasero: «¿Creés de verdad que es indescriptible?». Verona escuchó, siguió volviendo y no contestó. Solo se preguntó: *¿Quién me habla?*

Yo seguía sin descubrir qué atormentaba a esa mujer para escapar de su casa: ¿algún delito inconfesable?, ¿una inclinación sexual no asumida? Otras mujeres en su misma posición: profesional respetada, con marido, hijos, educación, alimento, casa, auto, vacaciones y comodidades resueltas no hacían tanto drama ni reaccionaban trágicas como ella. Seguía intrigado, ¿qué seres confabulaban en esta historia?, no podía sacarme esa pregunta: ¿un ángel gris?, ¿dioses?, ¿algún ancestro escritor?, ¿el espíritu del Dante? Algo no me cerraba. ¿Por qué esta mujer y no otra?, ¿por qué esta historia y no otra?

SEGUNDA PARTE

CAPÍTULO 1

Verona regresaba extensa, iluminada.

El elevado volumen de la música clausuraba los resquicios del vehículo impidiendo que algún fantasma se filtrara y contaminara el interior. Llegó al portón de su casa y abrió las dos hojas de madera como si fueran las tapas de un gran atlas. Traía toda la geografía de Santa Cecilia.

La suegra la recibió con desaprobación disimulada y el marido con el rictus rígido y lacónico; el ceño fruncido y la mirada esquiva completaban el repudio, imagen archiconocida para Verona. Ignorarla era el arma letal que usaba su esposo. Se dirigió al dormitorio. El ambiente era espeso, costaba avanzar por las habitaciones. No resistió el desdén por mucho tiempo y preguntó:

—¿Qué te pasa?

Él dijo:

—Nada.

—Vamos, conozco tu cara.

—Podrías haber avisado dónde estabas.

—En Santa Cecilia.

—Nadie sabía, tanta incógnita te hace sospechosa.

—Qué decís, si avisé que estaba bien.

—Sí, y no aclaraste dónde, si le pasaba algo a tu padre no teníamos dónde comunicarnos con vos.

De nuevo poniendo excusas, ahora es mi padre.

Él continuó:

—Tanto misterio no te ayuda. Tu hijo no podía creer que yo —dijo hincándose el pecho con el dedo— no supiera dónde estaba mi esposa todo un fin de semana.

Otra vez utiliza a terceros para no decir lo que siente, infante, pensó Verona.

El marido nunca le preguntó por qué se fue, cómo lo pasó, nada que pudiera confirmar o desechar sus sospechas. *Para qué va a indagar si ya está marcada la sentencia, me porté mal por no avisar dónde estaba, peor, no avisé porque escondía algo, pero de la marca de la culpa no me salvo.* Para ella su esposo no quería la verdad ni la soportaría. Abandonó el fracasado diálogo tarareando la canción de Luis Miguel: *"Miénteme, miénteme como siempre, necesito creerte, miénteme..."*.

La cama los reencontró distantes, *una avenida con doble mano* recorría la mano de Verona sobre la sábana. Evitó rozarlo, no quería opacar las luciérnagas que traía del estero. No lo deseaba. Seguiría viajando, se dijo, y reinició el proceso de exclusión, almohada, papel y al fondo de la casa. Recluida y en posición fetal ingresó a su diario:

"Estoy negada en una isla. Confinada. Un túnel, un jadeo y estoy dentro. Nadie me rescata del aislamiento de esta isla ínfima, burda, con una palmera como la que dibujaba Caloi. De caricatura. ¿Qué mierda es esto? Una cagada como esa que hacen los perros en las calles solitarias. Pobre islote invisible. Caca de perro".

Amaneció luctuosa sobre la funesta sensación de *esto no se arregla con nad*a y en el cuaderno descargó la arena que traía del islote para no ulcerar más aun sus ojos.

"Sobre mi cabeza pesa una tormenta eléctrica y se necesita más de un viento para soplarla. «Del este lluvia como peste», decía mi madre y un alud le cayó encima. Pobre vieja. No quiero hablar de lluvias. Quiero hablar de estrellas. Voy a hacer un abalorio con palabras ingenuas y me lo pondré de coronita en el cabello. Aparentando virgen me puedo masturbar sin culpas. O me podría colgar un cardenal en el escote y el penacho rojo haría composé con mi cartera. Nadie quiere colgar de adorno como yo. Si el pájaro dejó el nido yo podría salirme de las páginas y no ser personaje de novela ni de poema. Salir a escena en vivo y hacer gestos. Tomá de acá Fuckyou".

Se estaba poniendo bélica, caliente, como a mí gustan las mujeres. Largó la birome y se vistió decidida. Disparar era la consigna. Al llegar al consultorio, dijo: «Otra penitenciaría». Esa mañana, a los trabajos fáciles los resolvió con esfuerzo; ya no era la misma.

Mientras permanecía colgada, su silla recorría medios giros y medios pensamientos: *¿El tiempo irá hacia adelante o hacia atrás de la muerte? Estoy estancada. No lo creo. Nada se detiene. ¿Qué hago sentada acá? Tric trac Tric trac.*

Verona no sabía que viajamos por la órbita solar a más de cien mil kilómetros por hora, pero percibía el viaje universal y la relatividad de la quietud. *Cada vez aguanto menos todo esto. ¿Será que alguna mañana dejaré de venir, así de simple, no vendré más a trabajar?* En uno de los giros quedó frente a la pantalla de la computadora. Apretó el ícono del correo. *Enter*. Conectarse. *El que me escribe hoy que espere sentado. No voy a contestar.* Encontró un mensaje de su colega. *A ver qué dice Sonia.*

El mensaje de su amiga, que conocía las inclinaciones de Verona de escribir lo que no mostraba, decía: «Verona, por si te interesa fijate el certamen de poesías que salió por Internet, lo adjunto. Saluditos. Sonia».

Verona ni respiró, respondió como si fuera una orden. Entró a la página, tocó una pequeña mano blanca de marioneta que la saludaba en la pantalla y entró. Un cartel corriendo por el visor, iba diciendo:

****

EDITORIAL VIRGILIO

CERTAMEN DE POESÍAS

SI USTED NUNCA PARTICIPÓ. HÁGALO AHORA.

¿SINTIÓ VERGÜENZA DE SUS LETRAS?

PODRÍAN SER BUENAS.

PRUEBE. ANÍMESE.

****

¿Serán unos chantas? ¡Qué descarado el Virgilio!, acusó mientras se sonaba los nudillos y tric trac tric trac chillaba la silla al ritmo de su cerebro. El certamen podría ser un fraude; aun así, el mensaje detuvo la rosca. Abrió el cajón del escritorio y extrajo la carpeta personal que engrosaba año a año. Siempre la asía con suavidad y la acariciaba teniéndole lástima; ahora los dedos empujaban las hojas con velocidad hasta que una escapó planeando como los vuelos de prueba de Salvador Gaviota. La leyó:

"Abril antes del 2000. Se acomodan los objetos. Hasta los verdes del patio tienen dibujada su silueta en el espacio. Pero no pueden ordenarse mis mosaicos ni mis letras. Para que todo encaje no tendría que salirme del libreto".

Y es así, se dijo, *tengo vergüenza, me da miedo ser un chiste y desnudarme, al final qué arriesgo, más quebrada de lo que estoy no lo creo, y si pierdo algo qué carajo me importa.* Tric trac tric trac. Otra media vuelta y siguió leyendo las bases del certamen:

****

¿NECESITA AYUDA?
RECURRA A NUESTRO AMIGO VIRGILIO

****

La imagen que ahora la llamaba desde la PC no era un dibujo animado, era una mano de carne, palpitante, con huellas digitales que se extendían hacia ella, con la palma al cielo. Verona se inundó de ese gesto inconfundible y cautivante: alguien le tendía una mano. La tomó y entró al espacio cibernético que decía:

****

NO TENGA TEMOR
A SER DESCUBIERTA
LOS ESCRITORES SON TODOS
LOS PERSONAJES CREADOS.
LECTOR Y ESCRITOR
VAN POR LO MISMO:
EVASIÓN, DISTRACCIÓN,
AVENTURAS…
LA LITERATURA ES UN JUEGO
CON LA BELLEZA
ANÍMESE A JUGAR
TODO HOMBRE ES MITAD FIGURA
MITAD EXPRESIÓN
ATRÉVASE A SER UN SER ENTERO
****

Quedó meditando en su trictrac: *Me da en la tecla, me completo cuando escribo, como si la tinta uniera mis trozos*, y dio inicio a la selección de sus poesías para enviar al certamen.

Entretanto, yo me convencía de una conspiración de fuerzas extrañas sobre esta mortal y de que las energías provenían de la *Divina Comedia*; por alguna razón aparecía un Virgilio en el concurso, el mismo nombre que llevaba el poeta guía de aquella novela, el que empujaba a Dante a luchar contra la soberbia y la vanidad. ¿Era una señal para Verona?

Tal vez los escritores tenemos un canal invisible por donde nos conectamos porque esta parte de la historia es semejante al pasaje en el Purgatorio del arrogante pintor Oderisi, que derrotado confiesa a Dante: *"La fama es semejante al color de la hierba, que viene y va, y el que las decolora es el mismo que hace brotar sus tiernos tallos".* Y más adelante Virgilio ordena a Dante: *"¡Levanta la cabeza: no es tiempo de ir tan pensativo! He allí un ángel que se prepara a venir hacia nosotros. Reviste de reverencia tu rostro y tu actitud a fin de que le plazca conducirnos más arriba; piensa en que este día no volverá jamás a lucir".* Y asoma un ángel que le habla: *"Venid: cerca de aquí están las gradas y puede subirse fácilmente por ellas. Qué pocos acuden a esta invitación. ¡Oh raza humana! nacida para remontar el vuelo. ¿Por qué el menor soplo de viento te hacer caer?".*

La memoria me ayudaba, no me cabían dudas de que Verona estaba influida por el espíritu de aquel poeta. Aunque sería más efectivo que a ella le apareciera un Virgilio terrenal, de carne y huesos, que la ayudara a atravesar los nueve círculos del Infierno.

En la noche, hora de hechizos, rememorando pasajes de la *Divina Comedia*, concluí que si Verona encontraba mensajes proféticos en los textos estaba practicando la *sorte virgilianae* sin saberlo.

Aquella antigua *sorte virgilianae*, que consistía en la lectura azarosa y adivinatoria de un texto (abriendo el libro en cualquier hoja) para hallar en los versos el futuro pronosticado, fue lo que le sucedió a Constantino con los versos de Virgilio: descubrió en ellos el anuncio de su futuro, la solución a sus problemas.

Dicen que Virgilio fue el más prestigioso de los escritores oraculares; y que pasar de poeta a visionario le permitió, diez siglos después, guiar a Dante a través del Infierno y el Purgatorio. Pero entonces, ¿no era yo el que estaba haciendo uso de las *sortes virgilianae?;* ¿no estaba yo, a través de los textos dantescos, vaticinando el futuro de Verona? Era increíble lo que me sucedía.

En ese juego adivinatorio Constantino comprendió que un texto se amplía con el deseo del lector y ahora yo descubría que el escritor adivinaba en sus textos el futuro de sus personajes.

CAPÍTULO 2

Todo sucedía tan rápido que llegaba marzo con el cumpleaños de Verona. Hacía algunos años que no lo festejaba y no por los años que sumaba, sino por otras razones: porque a las fiestas no las compartía con la gente que deseaba, porque estaban los invitados vedados, como el hermano con quien su marido tuvo una sociedad que terminó en conflicto y ella nunca le perdonó que las cuestiones empresariales irrumpieran en su familia de sangre. Su marido debió evitar la colisión, ella lo intentaba con los familiares de él y no era fácil. *Si él no cuida lo que yo quiero, no me quiere a mí, es así de simple, uno más uno dos.*

Decidió reunirse con sus amigas de la infancia y a media canasta para evitar comentarios miserables. *¿Por qué no lo hacés a la americana, como hacen ellas? ¿Para qué invitás a sultana si no te invitó a su fiesta?* Odiaba las actitudes mezquinas y más se odiaba a sí misma por ceder, por traicionar su estilo. *Si no puedo pelear por las cuestiones menores, menos podré por las de peso.*

Pero la toma de conciencia no le alcanzaba y su vida se teñía con el color de los otros, y aunque la catalogaran de fuerte e imponente, ella se sabía blanda y menguada.

Llegó el día y lo celebró ofreciendo fetas de carnes, mayonesas caseras variadas y verduras para el armado de sándwiches. El encuentro transcurrió normal salvo por su mente, que cada tanto le traía el recuerdo de su fiesta de los cuarenta y la imagen de ella vestida de hormiguita viajera, con un vestido ajustado a lunares rojo y blanco, luciendo "el lomo que tenés", esos comentarios estúpidos de las vendedoras de *boutique* de los que terminó prendiéndose. Qué ridícula se recordaba, su baja estima le hacía pasar papelones. Cada tanto sacudía su cabeza y se sacaba esa imagen.

Aparte de eso, todo iba bien, la temperatura agradable y los hijos la ayudaron a atender a los invitados, hasta que arribó una pareja amiga con la que habían compartido viajes y salidas. Apenas llegaron, Víctor preguntó a Mariano, el marido de Verona:

—¿Y, cómo anda la tía?, ¿cuántos jugadores hay en el equipo?

—Le faltan algunos, pero se las arregla con el banco de suplentes.

Todos rieron celebrando el sarcástico comentario y otros más que la ponían en duda. Estaba claro: a ella le faltaban jugadores en la cabeza, tal vez un delantero derecho o el volante izquierdo. Víctor sabía que había viajado sola y cuando la saludó con mirada esquiva Verona supo que la estaba castigando y que se aliaba a su marido. Mientras ofrecía cerveza, pensaba: *Estoy harta de estas reuniones donde las locas, las ridículas y las gatas siempre somos las mujeres. Los hombres, una pinturita. Nosotras: las tías viejas, las doñas, las brujas, las patronas, las pesadas, las perras, las imbancables, las taraditas, las gordas, las guachas, las putas... reuniones donde las esposas somos entre risotadas las descalificadas y encima aplaudimos las burlas. ¿Qué nos pasa? Si puedo leer el mensaje circulando en su frente como en el televisor durante los partidos de fútbol: Está loca esta mina, semejante marido que tiene y se dispara sola un fin de semana sin decir adónde va, por lo menos hubiese inventado un congreso, una amiga, para no dejarlo como boludo y cornudo. Se pasó de la raya, debe estar repirucha, es una loca de atar y anda suelta. Pero él no sabe que la locura no se ata.*

Y no era el único que pasaba avisos, miró a su alrededor y las frentes estaban colmadas de mensajes. Su prima, detrás de sus ojos de gata, tipeaba: *Bien hecho Verona, que se jodan, estamos hartas, ellos se van cuando quieren, adonde quieren y el tiempo que se les canta sin dar explicaciones, y nosotras, cada vez que viajamos ponemos mil justificaciones, morimos por dejar todo organizado. Ellos parten libres y livianos, abandonan hijos, casa y encima nos delegan trámites de su trabajo. Nosotras nos vamos con la espalda cargada por las culpas y, qué joder, logran que nos cueste tanto que se nos van muriendo las ganas de crecer y volar y consiguen derrotarnos, salvo algunas heroínas.*

Y para colmo, a las que quedamos sin alas, nos dejan por aburridas y viejas o se consuelan con otra, a la que le cuentan el calvario que viven con nosotras.

Verona volvió su atención a la reunión que concluyó con normalidad. El cansancio la retuvo en la cama matrimonial apenas dos horas. La despertó una fila de hormigas que transportaba palabras en su cerebro y por algún hueco tenía que sacarlas.

"Cuarenta y cinco años me tomó salir del agujero. ¿La vida es salir de los agujeros? ¿Eso estoy haciendo? Dirán que soy egoísta, que cuando me arrepienta será tarde. Que no encontraré ni restos de mis hijos, solo culpa en sus angustias. Dirán que soy manipuladora. Que él me dio todo. Que estoy chiflada. Que una mujer sola vive mal. Que buscar el sentido de vida a esta edad son puras macanas. Que estoy escuchando algún sireno. Quedate en el molde. Se te va a pasar, es otra racha delirante, es el estrés. ¿Quién me está hablando? ¿A quién tengo dentro? Mi esposo está en la otra pieza. Mi padre lejos y mi madre muerta. ¿Quién hace de mi cabeza un rodeo de tigres al acecho? Es que hoy cumplo años, ¿sabés?, y parece que las hormonas iniciaron con todo el retroceso. Ves el embrollo que armé por irme dos días sola en un viaje incierto. ¿Te das cuenta? Solo dos días en cuarenta y cinco años. Un quilombo por menos del 0,01% que hice lo que quise. Lo calculé. Y si preguntan para qué quiero vivir sola. No sé ni cuánto tiempo. Esto de acostarme en la pieza de atrás y él en la cama King nueva de dos metros huele a destierro. Quiero cerrar los portones, tapar los agujeros por los que no veo y veo. Otra vez los agujeros renegros de tanto negro".

Aunque ella no creía poder dormir, Morfeo la tomó de los hombros y la guió, vestida de negro, hasta su almohada.

Y aunque Valery afirmara que "dormir es olvidar", el sueño no otorga olvido, tal vez ambos den alivio, pero no se confunden. En los profundos sótanos del Yo, donde habita el olvido, todo es sombrío y confuso; en cambio los recuerdos, aun los tristes, dan más luz que la desmemoria. Verona tendría que martillar, derrumbar paredes y ver del otro lado, no existía camino atrás. Yo estaba ansioso por animarla, empujarla, pero me prometí desde el principio no intervenir, ser fiel a la protagonista; es que no entendía por qué tenía los pies en el barro y engrillados.

CAPÍTULO 3

La luz matinal la sacó del agujero. Despertó animada, su vida era un vaivén entre el drama y la ilusión, un péndulo a ritmo extremo y sus dedos izaban barriletes mientras escribía:

"Vuelvan las letras a escuchar latidos de este cuerpo dormido, a dibujar las voces que no espejan los espejos, a enseñarme el lugar del polen".

Se plantó ante el ropero y vistió su cuerpo con el traje de las tristezas porque al pasar delante de la cómoda se topó con un tubo de pelotas de tenis y un cartel que decía: *"Feliz cumple, tu esposo"*. Entonces recordó la escena cuando ella le preguntó: «¿Estás preparando mi regalito?». «No sé qué necesitás, qué te gustaría», contestó él. Verona lo miró entonces con la cara cerrada y gritó por dentro. *¿Cómo podés decirme después de veintiséis años de casados que no sabés qué regalarme?, por favor, decime que no tenés ganas de ir de* *compras ni de obsequiarme nada, pero no digas que no conocés mis gustos después de toda una vida juntos. Qué vida insulsa la nuestra y a él no le duele, sabe que no necesito las pelotas, hace un año que no entreno, hizo lo cómodo, como tenía que comprarse tobilleras, una manera elegante de salir del paso... Diplomacia en la pareja. ¡Terrífico!, diría Octavio Paz.*

Entre pensamientos grises llegó al consultorio, su exigente formación no le permitía el ocio.

Esa mañana recibió el llamado de su hijo, avisando, asustado, desde Kansas, que tenía problemas con la visa de trabajo de Estados Unidos, que la comunicación a la embajada del código laboral estaba mal hecha (por él), y que no guardó el comprobante. «… y lo jodido, mamá, es que ese envío era obligatorio para mantener la visa durante mi estadía». Ella razonaba a mil mientras escuchaba a Luciano: *Si de todas esas gestiones fue informado, ¿qué pasó? Ahora está como extranjero ilegal, justo a mí me lo dice que se lo recomendé ochocientas mil veces.* «No seas cargosa, vieja», *me decía.* «No te olvides de los trámites de la visa», *yo le insistía y a mí me lo dice que desconfío del sistema yankilandia desde la médula, más ahora que están aterrados por las amenazas de los fundamentalistas que vengarán las matanzas que cometen en Oriente; los norteamericanos creen que su imparable política expansionista no va a traer consecuencias. ¿El imperialismo nos toma por idiotas? Hegemonía que los poderosos jamás revisan y paga toda la humanidad. ¡No lo puedo creer! ¡Sin visa y en Estados Unidos!* concluyó mientras el terror se dibujó en su mirada gemela y los párpados caían tan prolijos como las torres sobre New

York. *¿Cuándo asumirán los hijos sus obligaciones? Estoy saturada de la lenta madurez de la juventud, cada vez tardan más en ser adultos. ¿Será la epidemia de esta generación? Nuestros héroes ya parían la patria a los dieciséis años, no quiero cargar con lo que no me corresponde, me tienen ¡harta! Che kane'ó*, repitió en guaraní.

A Verona se le sumaba la caída del matrimonio de su hija Verónica y el abandono del padre que sufrían sus nietos, *otro cobarde cagón eunuco,* pensó. «¡Cartón lleno! ¡BINGO!», gritó cuando cortó con Estados Unidos. Se levantó con rabia y temor.

Mientras cerraba el consultorio, repasó: *Nos casamos muy jóvenes, cursamos la universidad con hijo a cuestas, trabajamos de pendejos como burros, ejercí la profesión postergando aspiraciones, lo que tenía que hacer lo hice, ¿no es hora de escuchar "mis" reclamos?*

Era evidente que Verona todavía pedía permiso, pero el ritmo de sus protestas iba en aumento. Ella sabía que cumplió con sus deberes de madre, la formación que dieron a sus hijos era buena, tenían herramientas suficientes para decidir sus rumbos y este era un tiempo de ella y para ella, no quería que ellos ocuparan su atención.

Cargando la llamada internacional ingresó a su casa y encontró fantasmas. Las caricias se escurrían por las ranuras del techo y las cicatrices seguían sangrando. Verona era una mujer efusiva, el contacto corporal era salvador y curativo para ella, no lograba entender cómo la gente no necesitaba tocarse, palpar la redondez, los ángulos, las asperezas, saber de la piel, o sino... *¿Cómo* *se enteran si una persona les agrada?* Al saludar le bastaba besar para percibir si rechazaba los olores y textura del otro, si era un rígido, un histericón o un dulce, si tenía intenciones de hacer contacto. Confirmó su teoría cuando leyó que la nariz reconoce las feromonas y que estas envían señales a las áreas del cerebro donde se controlan ciertos instintos. En concreto, la ciencia había probado que los olores inconscientes ayudan a elegir pareja. *Los dichos: tienen química y es una cuestión de piel, de algún lado tenían que salir,* se dijo.

Y hablando de hacer contacto, la noche era un problema, el día ayuda a encontrar actividades para no hallarse frente al marido o la mujer. En cambio la noche reúne a los matrimonios y los denuncia. Y en las penumbras, aparecía en escena un enemigo común de las familias de todas las clases sociales: el televisor. «A los más ricos los hace más solos y a los pobres los hace más pobres», repetía Verona. Cuánto odiaba ese cubo gris, poderoso, que los separaba aturdiéndolos, robándoles horas de amor y diálogo, con desinformación, con malformación cerebral, violando espacios de música, lectura y sexo; si no estuvieran invadidos jugarían con sus cuerpos, con sus miradas, algo sucedería en el silencio. «Protegernos del perverso sistema no es tarea liviana», pregonaba.

El televisor, en el comedor, fue objeto de dura batalla. Primero logró, bajo la amenaza de ir a comer sola a otra mesa, que le sacaran el volumen. Entonces su familia se convirtió en un grupo de marionetas mirando una pantalla insonora. Era tal el imán del maldecido artefacto que uno a uno, incluida ella, terminaban observando a la muda. «Somos figuras desencajadas, un cuadro de caricatura obscena, miren lo que estamos haciendo, fíjense en el poder de las imágenes, puede más que nuestra inteligencia, es mentira el mito de que somos libres, nos ganan la cabeza, los entendidos en comunicación eligen por nosotros. ¿No se dan cuenta?», advertía con náuseas.

Parecía ser la única que alertaba a la familia contra la contaminación y la comida chatarra del sistema. Sin embargo, las semillas germinaban en sus hijos y ella confiaba que eso pasaría; era más creyente de lo que se reconocía. Solía comentar con orgullo que sus hijos tenían corazón de buena madera, que solían ser sus maestros como en la protección del medio ambiente, que ellos la empujaron y ayudaron a dejar el cigarrillo, tan al revés de la invasión de vicios en la juventud del 2000. Aun así, Verona, como madre, no se conformaba fácilmente; criticaba la exigencia de sus padres, pero no bajaba la presión sobre sus hijos.

Tiempo después, el televisor desapareció de los almuerzos y la familia se amuralló contra la invasión del consumo.

CAPÍTULO 4

Ese mediodía, Verona combinó una caminata con amigas. Necesitaba relacionarse, despegarse del todo podría ser peligroso. *Cuidado, podrías dejar de hacer contacto*, le susurraba una voz.

Mientras iban por la bicisenda, la conversación de sus amigas le llegaba en murmullos, hasta que Lara subió el tono y la sacó del ensimismamiento:

—Me encantan tus aros.

—Todo depende del cristal con que se mira —contestó Wada.

—No hay peor ciego que el que no quiere ver. ¡Qué carajo tiene que ver eso con tus aros! —reaccionó Lara.

—Yo lo relaciono con ver el medio vaso vacío o el medio lleno, lo importante está en que todo depende de lo que ves. ¿Me entendés?

—Nada que ver, solo dije que me gustan tus aros.

—Es largo de explicar y llevamos más de treinta cuadras. ¿Qué tal si descansamos y chusmeamos?

Se sentaron en la plazoleta, bajo la sombra de un lapacho, destaparon botellas de agua mineral y la curiosidad.

—Dale nomás —dijo Lara.

—Te acordás de Ricardo, con el que salí un tiempo y te acordás que nunca quise hacerme agujeros en la oreja.

—Me acuerdo.

—Yo opinaba que eran mitos caníbales, cosa de primitivos y que por suerte la criteriosa de mi madre no me los hizo y jamás me iba a perforar las orejas y daba esa explicación a todos los giles que me preguntaban: «¿Vos no tenés agujeritos?». «¿Tu mamá nunca te puso los aritos de nena?», y en ese momento les bajaba la estantería argumental de ritos salvajes. Y si eran mujeres peor, las trataba como a tontas que las mamás las perforó sin consultarlas, sin darles la oportunidad de elegir, y que yo sí era dueña de mi cuerpo, me los hacía si quería y todo gracias a mis padres liberales.

—Doy fe, a mí me diste esa perorata —dijo Lara.

Verona agudizó la escucha.

—Bueno, che, un día Ricardo se me apareció con unos aros divinos de oro y plata que trajo de México, tenían labradas guardas de los mayas, que me encantan. Y… ¡Oh casualidad! eran de perforación y yo seguía sin agujeros. La opción era pensar: *"Nunca me miró las orejas, me trajo lo primero que se le cruzó"*;

símbolo de tipo egocéntrico, que no mira a su pareja con ganas de ver, y más, yo le importaba un carajo y salía conmigo por sexo o comodidad y todo lo que se te ocurra, o... la otra opción: era la excusa justa para hacerme los agujeritos, que en el fondo siempre quise tener, la verdad me encantan los aros colgantes.

—¿Y no te servían los que se ponen a presión?

—Son una porquería, se caen, se pierden, te aprietan y no hay variedad. Voy al fondo del asunto, yo me había armado una película para tapar que mi vieja nunca se ocupó de hacerme los agujeritos, como hacían las otras mamás con sus bebés apenas nacían. Y para colmo, a mis hermanas sí les puso aritos, ¿entendés? Yo lo que tenía agujereado era el corazón y me dolía un montón, quería lucir como mis hermanas, y quizás mi vieja no me los puso porque mi papá esperaba un varón, no sé o por fiaca.

—Qué boluda, por qué no te los hiciste vos —dijo Lara.

—Ya te expliqué, tenía la razón para no hacerlo y tapar lo que me hacía pomada, pero cuando los vi en esa cajita y para mí, se me abrió la cabeza, tiré a la mierda el argumento del caníbal y me fui a un sanatorio, pregunté en la guardia y me lo hizo una enfermera de onda, en un minuto.

—¿Y le contaste a Ricardo?

—Sí, obvio, imaginátelo al cabrón cómo se sentía, su mina se hizo a los cuarenta los agujeritos por él y llevaría su marca toda la vida.

—Una genio.

—No sirvió de mucho, a la larga confirmé que era egoísta y que yo le importaba *naranja*, pero aprendí el refrán en carne propia, ahora disfruto los aros y me los cuelgo rústicos y de todos los tamaños, ¿entendés?

—Miraste el medio vaso lleno.

—Tu vida depende de eso, ¿entendés?, de cómo procesás el mundo, después vivís en consecuencia de eso.

Verona intervino por primera vez:

—Como dijo mi psicólogo, cuidado con las creencias en las que apoyás tu vida, yo creo que podríamos ver el vaso entero y actuar según la mitad llena, después vienen los cambios.

—Wada, vos no estarás inventando esta historia por mis ataduras, ¿no?

—No, Lara, no seas bovina, porqué decís eso.

—Por lo del auto, creés que las excusas que pongo para no aprender a manejar no sirven, ¿no?

—Qué sé yo, en una de esas son los miedos que te metió tu esposo, no sé, fijate.

—¿Qué dice tu esposo? —preguntó Verona.

—Que no necesito manejar porque él me lleva y me busca a todas partes, que es un riesgo, que está peligroso el tránsito y no tiene sentido que aprenda a esta altura de mi vida.

—¿Y dependés siempre de él?

—Y sí... tal vez le resulta más cómodo que yo no maneje …y de paso me controla.

—¿Vos podrías comprarte un auto? —preguntó Verona.

—Con lo que trabajo no me alcanza, si le pido algo de los dólares que tenemos ahorrados llego a un usado.

—Mirá, yo no me olvido lo que me inculcó mi vieja sobre la independencia económica de las mujeres y tenía razón, es la mejor forma de saber si estás al lado de un hombre porque querés y no porque te mantiene. Vale la pena laburar y hacer el sacrificio que sea para ser libre. Todas conocemos mujeres que están con sus maridos porque no pueden mantenerse y otras venden su libertad por el estatus y las tarjetas, al final son presas infelices —comentó Verona.

—Chicas, volvamos. Se nos hizo tarde— pidió Wada mientras bamboleaba largos aros de semillas y sonreía a Lara que conservaba el ceño fruncido y masticaba el mensaje de esas amigas que amaban los análisis psicológicos.

Verona caminó silenciosa, tratando de develar las historias que se armó durante su vida para digerir dolores.

La noche la encontró leyendo en la cama y a su marido con los auriculares observando al enemigo que bombardeaba desde un tanque verde del "45" que entraba en el televisor y en Alemania.

Se durmió repitiendo *todo depende de lo que veas en el vaso* y se metió dentro.

Mientras escribía este capítulo, las féminas me zumbaban. En algún momento imaginé que si Verona hubiera visualizado el futuro con la invasión de los celulares, de la informática y de las redes sociales, se moría esa misma noche. Pero regresé al presente de su historia y al ataque de género, quedé meditando sobre el proceso de Wada, su madre y los aritos, un mecanismo muy usado con lo vivido y molesto. *"El inconsciente no es otra cosa que la biografía de una persona"*, decía

Freud, *y "el consciente olvidado forma una capa en el espíritu que en realidad no se borra ni se pierde"*. Palabras más palabras menos, el olvido no es ingenuo, siempre hay una razón para cada desmemoria, lo veo como un proceso de defensa necesario, necesitamos evitar tanta angustia, lo lamentable es que lo reprimido sigue retumbando y atemorizando.

Yo lo sabía en carne propia, lo mal olvidado causa enfermedades, mis ronchas me lo recuerdan cada tanto, somos aprendices de escapistas que nos novelamos la vida, en especial cuando nos araña. Esa mujer no encontró la paz por ponerse aros y cumplir un deseo reprimido sino por asumir su historia y poder narrarla, algo así como la instancia final del psicoanálisis, la del olvido conciliado, eso que sucede cuando el pasado llega a la conciencia en una nueva memoria, sana y voluntaria.

Lo que no puedo ocultar es que me hacía ruido la idea de que Verona estuviera yendo por otro camino, por un proceso sanador distinto, semejante al que describe Proust: *"Cuando el olvido dura bastante y se hace muy profundo, comienza a actuar la memoria involuntaria y emergen del abismo cosas insospechadas, depuradas de lo anecdótico que pasan a formar una memoria humana y radicalmente poética; allí aparece un entendimiento profundo y sabio, el ser se conecta con la creación y el creador"*.

Y cómo no iba a pensar que esto le sucedía si el camino que tomó era el de la escritura. Tal vez las musas poéticas y trágicas, Erato y Melpómene, eran los espíritus conspiradores que yo percibía. Debía seguirla de cerca.

CAPÍTULO 5

Verona despertó amarrada con cintos de cuero marrón y de hebillas oxidadas que aprisionaban sus muñecas contra un catre de madera cubierto por una sábana sucia y desgastada; amanecía sobre una mesa de tortura ocupada por muchas mujeres antes que ella.

Su marido se levantó, ella siguió mutilada. No podía levantarse. Sus piernas entumecidas pesaban más que un muerto. No sabía cómo eran los muertos de pesados, nunca levantó uno, pero estaba segura, podía jurar, que esa mañana pesaba más que un muerto y que miraba como los cadáveres, desde un hoyo negro.

Contó los tirantes del techo. *Dieciséis, qué raro no son trece, algo de trece debe haber en esta pieza de mala suerte.* Lo vio pasar. Siguió sola. Descubrió el rincón de la chimenea y quedó con la mirada subiendo por el túnel de cenizas hacia un cielo al que nunca llegó. Solo mutismo, letargo y un movimiento que percibió durante el suspenso: la respiración. Esa bendita o maldita respiración que en el silencio y la quietud es un jadeo que te recuerda que a pesar de estar muerto, estás vivo; un subir y bajar del pecho que no se puede obviar ni detener, en algún momento te gana y te lleva al movimiento. Y Verona entró en acción. No demasiada. Con sesenta centímetros a la izquierda accedió al papel y a la tinta. A esa altura de la crisis, había lápices y cuadernos esparcidos por toda la casa.

En el trayecto se encontró con una voz interior que le decía: *¿Por qué no empezás por el comienzo para entender lo que te pasa? ¿Qué comienzo? El de tu infancia, el de las trampas de las que siempre hablás. No sé cuáles, era pequeña. En la inocencia se toman caminos engañosos, pensá en algo que te duele haber perdido, algo que tu niña dejó escapar. La música, de eso me arrepiento, la dejé por el inglés, papá decía que era importantísimo el idioma, que no se podría triunfar sin saber inglés y al final no lo necesité, estudié siete años y no sé nada, dejé canto que me gustaba, mi vieja decía que yo era creativa, que mi voz tenía algo especial, la profesora también me alentaba, para cuando me avivé de lo feliz que me hacía cantar era demasiado grande, ya había caído en la trampa. ¿Y de la adolescencia? Podría revisar la elección de mi pareja a los quince, y para qué, ya no importa, tengo que responsabilizarme de aquella decisión y seguir con el rol de esposa y madre. ¿Sirve para algo reflexionar sobre las circunstancias del casamiento? Ni sé por qué me casé, eso fue hace un siglo.*

Pero algo que Verona no controlaba movía un picaporte en su memoria. *Por lo que tengo para hacer en este despertar de mierda,* se dijo mientras la birome iniciaba un relato:

"Eran dos jovencitos muy jovencitos que se pusieron de novios. Al año se pelearon, después se reconciliaron y al segundo año cortaron otra vez. Cuando concluyó el verano se reencontraron y antes de las vacaciones se casaron porque el noviazgo siempre se rompió en verano por decisión de ella y durante la ruptura la joven conocía otros muchachos. Entonces, él le dijo que no soportaría estar separados de nuevo, se reconciliaban bajo la condición de casarse pronto. Él afirmaba que ella enloquecía en el verano, que buscaba cualquier excusa para estar libre y salir con otro. Y él debía impedirlo, debían casarse antes de que sucediera otra vez. Y la jovencita enamorada dijo SÍ. Si no lo hacía, él la dejaba para siempre".

El microrrelato era irónico e infantil. Sin embargo, en paralelo, desde otra ventana Verona analizaba su casamiento y tomaba conciencia de lo que significaba la velada amenaza de dejarla, el doble mensaje: él la había *cazado* porque ella se le escapaba; y ella cayó en la trampa del discurso del macho que la intimidaba con dejarla a su suerte, a merced de su inestabilidad emocional y de sus debilidades, y por qué no, de su ligereza, porque en esa época se las llamaba "mujeres ligeras" o "fáciles", "veletas" a merced de los vientos, no eran confiables, eran mujeres de temer. Él se lo decía en diferentes idiomas y ella lo daba por cierto. Debía ser esposada y ella fue cómplice en la colocación de los señuelos...

Ya lo decía Baudelaire: *"El amor es un crimen que no puede realizarse sin un cómplice",* lástima que a esa edad Verona aún no había leído al escritor francés.

Ahora, ella tampoco era creíble, así opinaban su esposo, el amigote, su cuñado... Para ningún hombre era verosímil que viajar sola obedeciera a razones de búsqueda del sentido de la vida y de otras yerbas que ella alegaba; sospechaban de alguien más, pero como no tenían evidencias, disimulaban aceptar los argumentos ontológicos de Verona mientras desconfiaban.

Verona tenía sobradas pruebas del manto de sospecha que los hombres extienden sobre las mujeres. Su hermana lo resumía muy bien: «Verona, las mujeres no somos confiables, habita una perra en nosotras que los dejará por otro y los traicionará, para ellos siempre tenemos por móvil otro hombre, siempre nos moviliza un macho. ¡El terror de los hombres a las cornamentas es inextinguible y universal!». Y mientras oía a su hermana, su mente recorría diferentes culturas y religiones y comprobaba que no existía una sociedad que admitiera la convivencia de la mujer con más de un hombre; y cuando la mujer rompía esa regla, de alguna forma, la aniquilaban, la estigmatizaban… y esas mismas comunidades aprobaban que los hombres tuvieran más de una mujer, explícita o implícitamente... Le subía un ácido.

Pero qué paz dio a Verona advertir que el dolor de la frase reiteradamente escrita, *caí en la trampa*, no era nada más que ***caer en la trampa de no creer en sí misma***, de concebir como verdad absoluta lo que otros opinaran de ella y de seguir el consejo de que para salvarse de sus mambos debía cubrirse con la capa de sensatez y de familia tradicional que ofrecía el varón. El hombre daba sentido y orden a su vida, de lo contrario ¿a dónde iría a parar con la chifladura que tenía? Solo encuadrada en cánones aprobados le sería posible escapar de otro estigma: la insania familiar. Citemos que la historia de su familia era para asustar: la madre y dos tíos fueron maníaco-depresivos agudos, una tía estaba internada en un loquero con Alzheimer y la abuela murió loca y mala; hasta una prima joven se les extravió en las tinieblas.

Ahora Verona la tenía clara, el marido cargaba un mensaje que la paralizaba: si ella hacía lo que deseaba vaya a saber en qué agujero caería. Él tenía la llave y la manija para una existencia *"normal". ¿O yo se las entregué porque no podía con mis propios miedos? No sabía qué hacer con mi vida y le di la función de guardián, yo lo hice mi carcelero. Él tenía razón, era enamoradiza, cinco palabras dulces al oído y perdía el timón. Verona, las pruebas están a la vista, el tipo que conociste en Miramar... bastó que te cantara... y me despachaste por carta, de caliente nomás. ¿Yo corrí tras todos? No. ¿Y era eso grave? ¿Qué dicen?, ¿que somos putas potenciales si no nos hacen el favor de esposarnos? No volé tras todos los cantos de sirenos y enamorarse más de una vez no es malo.*

Aun así, la sentencia cultural era inapelable para las mujeres de su generación y los discursos de poder eran usados por los hombres de su familia. Recordó a su cuñado, en reuniones familiares, hablándole a su hermana. «Ya empieza a brotarte la locura de las Ferraro, che, no se salva ninguna, lo que nos espera, muchachos», decía mirando al resto de los esposos que ratificaban el fallo con el cráneo vacío.

Verona sintió la violencia moral como picanas en la sien y en la vagina; advirtió que tenía los puños cerrados y estaba lastimándose con las uñas. *¿Por qué nos dejamos encarcelar por nuestras sombras? ¿Por qué las mujeres giramos alrededor de los hombres, acomodamos y diseñamos nuestra existencia a la vida en pareja? Como si solas desapareciéramos; nosotras somos responsables también, no solo ellos.*

En el instante en que pequeñísimas gotas descendían de sus pestañas apareció su nieto.

—¿Qué te pasa, abu? ¿Quién me lleva al jardín?

—Yo, mi amor.

Cuántas mañanas escondiendo lágrimas a mis hijos para no asustarlos y ahora a mi nieto. ¿Si no respondo como espera, cargaré con otra culpa? Me encanta estar con él cuando me siento bien. Estoy en condiciones de elegir el momento, ¿verdad?

Destrabó los cintos de cuero. El cabello con bucles brillosos y sedosos del niño que la tocaba con sus manitas regordetas y suaves la sacaron de la cama y la guiaron a la vereda. Caminaban empujados por el cálido viento norte. *Uno nunca sabe cuál será la madera balsa que te reflote y te salve*, pensó Verona, mientras se amarraba al pequeño hado, y el niño se aferraba a sus manos para cruzar la calle.

CAPÍTULO 6

Entre los pasos cortos que daba hacia la escuela primaria asomaron recuerdos brumosos; tal vez los trajo un muro, una reja de sal, un aroma a jazmín, los mangos del árbol vecino. Lo cierto es que su mente la retrocedió hasta sus propias pequeñas manos aferradas con desesperación a otras manos grandes y huesudas, en aquellas playas de Brasil cuando se perdió por largas horas. Tendría cuatro o cinco años cuando sus padres y sus hermanos no advirtieron que se quedó solita a la orilla del mar entre esa cantidad de gente bajo sombrillas con los mismos colores y entre mallas negras, iguales, enterizas que usaban todas las mamás brasileras, porque ella corrió hacia su mamá rubia de malla negra que estaba lejos, pero no era su mamá, y corrió hacia otra señora de malla negra, y otra de malla negra que tampoco era su mamá y esa señora hablaba difícil, distinto de su mamá y ella no entendía lo que le decía, y después un señor alto con pelo de oveja negra la subió a caballito en sus hombros y la paseó y la paseó por toda la playa y todos la aplaudían como si fuera una princesita, y ella no era una princesa y lloraba y se hacía oscuro y las sombras de la gente se hacían largas como fantasmas y el mar crecía y se le venía encima; ella no entendía lo que le preguntaban y por suerte se acordó de unos pescaditos brillantes y lindos que estaban pintados en las paredes de una avenida ancha por la que llegaban a la playa, porque ella quería volver a donde estaban los pescaditos, y el señor la entendió, dio la vuelta y la llevó en dirección al norte y ahí estaba su familia. Pero la única que estaba asustada y llorando como ella era su mamá. Esa mamá dorada que le regaló esa poesía de Alfonsina que siempre la regresaba a la arena de oro *"... quisiera esta tarde divina de octubre pasear por la orilla cercana del mar... perder la mirada distraídamente perderla y que nunca la vuelva a encontrar"*.

Verona se agachó y le dijo a su nieto:

—Mi amorcito, si alguna vez te perdés, pedile que te lleven hasta la plaza donde está el caballo grandote y el señor con una espada, que se llama San Martín, no importa si no te acordás el nombre, vos decile la plaza del caballo, ese que estamos viendo, ¿lo ves?; desde ahí vas a ver tu casa con el portón verde.

—Sí, abu, mi mamá me enseñó. Pero yo no me voy a perder.

Verona lo abrazó y siguieron viajando hacia el jardín de infantes, mientras pensaba que esa sensación de soledad absoluta que solía sentir entre la multitud era la misma que traía desde aquella playa cubierta de extraños.

No andaba yo muy equivocado: ella volvía al pasado infantil, a sucesos de abandono donde se sintió olvidada por su familia, y también regresaba a su primera juventud, confusa y romántica, cuando leía a Alfonsina Storni y pensaba en suicidarse. No vivía cerca del mar, pero más de una vez subió a la terraza de su casa.

Lo trascendente era que ahora Verona tomaba conciencia de que otros le relataban quién era ella y ya no permitiría que la tradujeran ni le contaran quién era Verona Rojos Ferraro. Dijo basta; por fin, escribiría su propia historia.

CAPÍTULO 7

Caía otra noche y un goteo que roía las horas como el de una vieja canilla nunca reparada. *Estoy convencida de que algunas personas podrían flotar en un estanque, dejar hacer, ver pasar. ¿No necesitan sacudirse? ¿Nunca les llega el otoño? Odio la monotonía, empezamos y terminamos el sexo igual, como extraterrestres. Él no sabe qué hago ni qué siento durante el día y yo tampoco sé de él. La vida no puede consistir en mantener un matrimonio, criar hijos y trabajar, es algo más. No nacimos por pura casualidad, para algo se sincronizaron tantos elementos. ¿Cómo hacen para conformarse con una vida de muertos? ¿Mis colegas no perciben la pantomima y el comercio en qué se convirtió nuestra profesión? ¿No se sienten un tornillo de una maquinaria manejada por el poder de turno? Es un gran simulacro y todos en el mismo anfiteatro.*

Para mayor desazón, esa mañana Verona recibió la noticia de una sentencia que liberaba al Estado de pagar una indemnización a los familiares de su paciente, un hombre joven, víctima de diabetes y de la ciudad de la furia, quien resultó muerto por una bala perdida salida de un tiroteo cruzado entre policías y ladrones, asesinado por una loca persecución motorizada por las calles. El disparo fue a dar a la frente de su paciente, González, que paseaba junto a su hijo, y el reciente espantoso fallo se apoyaba en una razón oculta entre los vocablos que usan los juristas, a los que Verona llamaba "discursos de poder", dichos para no ser entendidos y mostrar superioridad inalcanzable. La única razón verdadera del fallo que dejaba en la calle a la familia de su paciente era que los jueces oficialistas no debían dictar sentencias costosas para el Estado por orden del gobernador. Verona escribió indignada:

"Siempre supe que estaba por gracia y por azar en este tiempo en esta tierra. Pero me empujan al centro del circo a luchar contra las fieras, quieren comerme la cabeza donde guardo la memoria del poema. Estoy en la arena donde las bestias desgarran a los sin nombre, donde los leones se dan un festín con una dama vendada y se llevan los trozos con sonrisa de hiena mientras el público vitorea la barbarie.

Siempre supe que vivo por gracia y por azar en este tiempo en esta tierra. Y si quieren cobrarme la vida no será que la pague de a pedazos. ¡Que me coman entera!".

Se acostó con asco, sintiéndose un balde donde caían insistentes gotas de agua podrida.

Qué la despertó, no se sabe.

Esa fue la noche que no fue para atrás. No fue para atrás.

La pieza del fondo estaba ocupada por la suegra que había llegado al centro mismo del campo de batalla, «balde lleno», decía Verona cuando la cruzaba en el pasillo, y quizás que esa madrugada tuviera que llevar los pasos hacia el *living* para escribir su insomnio y tantear un camino hacia adelante, tuvo relación con lo que pasó después.

Se levantó entre sombras y deambuló hechizada hacia la salida. Se iba abriendo picada entre los cuadros que se le venían encima. Una lámpara de hierro le arrimó su piel metálica y filosa, tembló, los muebles de algarrobo la esquivaban, el piso de lapacho se levantaba a sus espaldas. La enmarañada casa que la oprimía, la expulsaba.

Giró en el centro del *living* en torno a la mesa ratona. ¿Recuerdan que se los conté al comienzo de esta historia? Esa fue la noche que dio vueltas y vueltas con la almohada apretada a su pecho. Su historia rodaba como un rollo de película desencajada a ritmo vertiginoso y ella corría por las paredes de un pozo. «Por todos los dioses, para qué me nacieron. ¿Dónde está la boca del túnel? ¡Que la voz del cosmos me hable o me calle para siempre!», imploró.

Quedó detenida con la cabeza colgando ante la puerta cruzada por un barrote de hierro. La puerta le hablaba, la llamaba. Descolgó la barrera, introdujo la llave y abrió la celda. Dejó su casa y su vida sin miramientos, como si lo hubiera planeado por años. La respiración volvía a ser el único testigo de sus movimientos. Escapó y cerró el ciclo de viajes a la pieza del fondo.

Sí, esa fue la noche del gran escape que inició este libro.

El asfalto, la niebla y la puerta de metal de un extraño departamento a estrenar se abrieron con el gris de su llave. Solo ruidos metálicos en distintos tonos de grises se escuchaban en la oscuridad. La distancia recorrida no podía ser medida. Pero era gris. Gris lo que sucedía y lo que no veía.

Se sentó sobre un sofá negro. Su mirada escudriñaba rincones desconocidos. Escribió en opaco.

"Hice crack. Que alguien me sople. Estoy fuera de control. Déjenme estar. Tanta vigilia no es poesía. ¿Era tan frágil el hilo? ¿Qué sucedió para que levantara la barrera? No puedo creer que esté fugando. Es demencia. Me niegas, ¿verdad que me niegas? ¿Qué diré mañana? ¿Qué hay detrás de las letras? Estoy quebrada. Estoy muerta. Estoy fuera. Escupidera. Los perderé. Los perdí. ¿Dónde? ¿Qué haré mañana? ¿Consultorio o feria? Estoy rayuela. Ruedan las ruedas. Si me dejaran oír las voces... Espanto y tijeras. Me extinguiré como mi madre. Hace cuánto invoco la muerte y no me lo confieso. ¿Qué tengo en la cabeza? No estoy entera. Nada cambiaría si desapareciera.

«Soy una estúpida clase media», decía Savelio. Me retumba en la cabeza Burguesahamburguesa".

El apartamento que refugió su extravío era un lugar acogedor y generoso, mientras ella vestía cenizas esa noche de incienso. En el sofá, enrollada en sus piernas, durmió su primera noche fugitiva. El camisón, la almohada, el cuaderno y la tinta eran sus únicas pertenencias.

No puedo decir nada. Estoy en mi cama arrollado como ella, esperando, sin saber lo que pasará, ella en gris y yo en blanco. El pasado es fácil de contar, entre lo sucedido se puede colar la imaginación, pero el futuro es un vacío.

CAPÍTULO 8

La mañana la encontró desafiante, alejada de su casa. Nada la afectaría. Siguió escribiendo. Bajo las primeras luces y en camisón, retornó con naturalidad por las calles de escape para desayunar en su casa. De la fuga en la noche ni una palabra, ni un comentario. Trabajó y compró mercadería para su cueva.

Es raro, pero de las cosas más importantes nadie habla, se dijo mientras pasaba a un costado de su esposo y de su hijo. Almorzó con ellos y a la siesta volvió a su guarida. Retornó para cenar y cuando terminaron, con espontaneidad y con desparpajo comunicó: «Me voy a escribir al departamento».

Preparó un bolso con ropas y partió. No miró sus caras. Se estaba asfixiando. *Si me despego del amontonamiento podré entender qué quiero, lo lamento, es imposible detenerme, no puedo permanecer para sucumbir. Aire. Necesito oxigenarme. Me miran y toman distancia como si tuviera sarna. ¡Qué suerte, porque no tengo intención de dar explicaciones! Silencio y espacio. Que se las arreglen solos. Intento conciliar conmigo. Ellos hacen lo que quieren, yo también necesito ser auténtica o me desintegro. Se acabó.*

En la madriguera, las paredes blancas sin adornos se abrían como páginas limpias. Todo estaba vacío para ser llenado. Su música. La televisión muerta. Luces encendidas por todo el departamento. Ella y su estilo se reencontraban. *Ahora que estoy sola quizás averigüe porqué estoy tan asqueada, dolida, «loca como una cabra como la abuela macabra haciendo trizas a la antigua vida mía», diría Marcela Serrano. Necesito entender cómo llegué acá. Si no reviso y sigo minimizando lo que me atacó la médula no lo voy a lograr, no voy a permitir que digan que no tuvo importancia lo que para mí fue letal.*

Con ese pensamiento se entreabrió en su mente la puerta de una celda roja que Verona cerró veinte años atrás. Sintió un sacudón violento, un relato la golpeaba. Escribió impulsiva, irreflexiva:

Cuento violento

"Había una vez una joven que no tenía memorias, las perdió mientras se descamaba su traje de sirena...

Hurgaba en el pasado para hallar los sucesos que explicaran su desmemoria y no encontraba tragedias ni accidentes. Solo resonaban aquellos golpes secos cuando él pegaba portazos y la dejaba afuera, amordazada, cuando mutilaba los diálogos diciendo:

«Basta, no quiero hablar más de esto», y cerraba la puerta contra sus narices y ella quedaba incendiada por la impotencia y la rabia. Quería correr y zamarrearlo, gritarle guarangadas, decirle que se sentía violada, que la ultrajaban sus palabras y que esos eran golpes bajos que no dejan marcas. Y esos golpes enterrados en su carne le llenaron de minas el campo de la memoria y no lo recorría por miedo a que estallaran.

Y hablando de campo, a la noche del campo ellos la callaron. Pero resucitaba y ella quería que la exorcizaran hablando de lo que pasó esa vez, en el auto, en el camino de tierra cerrado por muros y techos vegetales cuando regresaban de un casamiento en el monte.

Una empleada de años, muy querida, los había invitado. Los preparativos de la fiesta se iniciaron con el sol. Los parientes de la novia barrieron la tierra, alisaron el piso de polvo a pisotones mientras lo mojaban con manotazos de agua que salían de baldes de lata, después hicieron hoyos con pala y enterraron las patas de las mesas que armaron con tablones colocados en forma de U. Al regreso de la iglesia, los novios y sus padres se ubicaron en la cabecera, respetando las tradiciones campestres de la criollada. En el centro lucía una torta humilde y amarillenta sobre manteles de un papel más blanco que la torta. De menú: empanadas, vino en damajuana y una vaquillona asada que todo padre de campo regala a sus hijas con sudor de arado en su cintura y con deudas en sus alforjas. De postre, pastelitos amasados de membrillo y batata, fritos en grasa. Cada tanto se oían tiros que los lugareños disparaban al cielo para ahuyentar las ánimas y brindar por los recién casados. El tiroteo se fue intensificando con la ingesta de alcohol y caña, mientras las ráfagas descendían un manto de temor sobre la joven.

De ese pintoresco casamiento de monte regresaban aquella madrugada la joven y su esposo.

Monte que el hombre conocía en detalle porque dirigía un aserradero del norte santafecino.

En el casamiento estuvo también la maestra de campo. La que ella sospechó, apenas la vio, que consolaba a su marido de tanto aburrimiento pueblerino en sus alargadas estadías de trabajo. Pueblos donde el lugareño que no juega por plata, se emborracha, sale de cacería, tiene amantes o se las inventa la chusma.

Ella, desde el principio, lo intuyó. Era joven e ingenua, pero la intuición femenina no tiene edad para descubrir una rival.

Su marido era reservado al extremo y muy bien disimulado. Los excesos solo se le resbalaban cuando exageraba el alcohol. Después del brindis sacó a bailar un chámame a la maestra, ahí empezó todo. No, antes la había cortejado, charlaron entusiasmados y al invitarla fue demasiado simpático. Al llevarla a la pista la tomó de la espalda y bajó sus manos hasta la cintura y un poco más abajo, y la apretó todo el tiempo, a ritmo bien lento, con las piernas mezcladas, los miembros apretados... Estaba claro, él era su macho, no tenía por qué ser tan atento, si la docente eligió ejercer en ese inhóspito lugar... no tenía por qué ser compasivo ni darle un trato especial. Ella no era idiota. Con esa mujer bailaba bailes que a ella le mezquinaba, que se los ofreciera a otra, gustoso, era más que una ofensa, era lo negado refregado en la cara.

Un ácido efervescente comenzó a corroer sus entrañas de hembra, una sensación ponzoñosa, de esas que le duelen a las mujeres cuando perciben que no son amadas.

Entre brumas reaparecían las imágenes de la noche de tanino, los ritmos chamameceros y los disparos ebrios.

¿Cuándo terminó la noche? La despedida es confusa, asoma el beso que dieron a los novios, los augurios de felicidad y una charla frente a la camioneta. ¿La llevaban a la otra hasta el pueblo? ¿Volvía con ellos la maestra, en el mismo auto?

Los detalles huyen entre las espinas coronas que hincaban cada vez más incisivas a la memoria.

Subió a la camioneta solo el matrimonio. Dos luces en la polvareda. Dos ojos largos alumbraban y avanzaban sobre pozos de polvo. Polvo que cubría las pasiones y las llagas, mientras el alcohol, en plena acción, asesinaba las inhibiciones y los miedos secundarios.

Viajaban tensos. En peligro.

Ella lo interrogó acerca de la maestra. «¿Por qué la invitaste a la pista? Parece que pasa algo entre ustedes. ¿Por qué le agarraste la cintura y bailaste tan apretado? A mí no me engañás, así que ahora te gusta bailar, yo seré loca pero no ciega».

Reprochó, acusó, instigó.

Él se inquietaba dentro de la butaca, se erizaba en silencio bajo una máscara pétrea y perversa.

Ella azuzó. Dijo algo más. «¿Con ésa te pasás los días en el campo?». Culpó. Hincó...".

El lápiz se detuvo, Verona se desesperaba por recordar detalles, buscaba con desenfreno el diálogo de esa noche, ¿gritaron o se controlaron por el hijo que dormía en el asiento de atrás? Continuó:

"El hombre parecía inflarse como un sapo que revienta, o como un felino que revela en su pelambre altanero el límite de sus fronteras... Hasta que las cruzó y tiró un zarpazo, un zarpazo que recorrió veloz el poco espacio existente entre los asientos delanteros y fue la zurda de él la que se descargó en la mejilla derecha de ella, que lo estaba mirando y lechuceando mientras le ofrecía el flanco de su rostro rosado. La tomó de lleno. Fueron la palma y los dedos los que abofetearon el costado del alma de la joven y sacudieron de tal forma a su hembra, que como resorte sacó también a volar su mano izquierda; y con el dorso, con los huesos y nudillos filosos de su mano de mujer, ella le propinó un sopapo hecho piña en el rudo perfil del macho.

Estatismo. Mutismo. Descontrol controlado. Parálisis. Desconcierto. Contención de la ira. Amenazas sepultadas en el monte tras los matorrales del miedo. Homicidas. Reos.

Ese día mataron sus creencias, se desconfiaron. Supieron que en ellos también habitaba la violencia, que en noches descubiertas de excesos, de instintos primitivos, de gritos salvajes y sentimientos desnudos, eran violentos. Y el horror los robó.

Fue así como, aquella mujer, recuperando recuerdos de las picadas del monte y del polvo en las huellas, descubría dónde cayeron sus escamas".

Verona largó la birome espantada de su vómito, y empujó la silla. Cuando se levantó sintió que pesaba cien kilos menos.

Reconozco que el ingreso al refugio me sacudió y que estaba embriagado con la aventura del escape de Verona al moderno departamento. Pero lo narrado en el cuento... eso eran palabras mayores. ¿Cuánto de real tenía? Vomitó esa historia en tercera persona y me preguntaba si se habrían liberado mutuamente la escritora y la protagonista.

Escoger como camino sanador a la literatura no era novedad; ya hacía muchos años que el italiano Pirandello escribió una novela irónica acerca del olvido de la identidad, utilizando el caso del difunto Matías que muere para su familia y su pueblo, cuando en realidad se convierte en un fugitivo dado por muerto; y en el olvido de todos, queda por fin libre de su pasado. Sin embargo, para tener una nueva vida, Matías debió hacerse otra identidad y creó a Adriano, quien tuvo que inventar otra memoria oficial para poder vivir un nuevo amor.

Que la libertad del olvido es transitoria, es tan cierto como que la memoria es vulnerable.

Entendía yo que Verona seguía ambivalente entre salvarse con el olvido o con la memoria. Recién iniciaba su regreso a los pasajes enmarañados del pasado donde se extravió, donde moraban sus demonios.

Lo difícil era resolver qué mnemotécnica aplicar para retornar al pasado. Si la terapéutica tenía que armonizar con las inclinaciones de Verona, correspondería la mnemopoética: cuando un recuerdo la atormentara tendría que ayudarla a derrotar los fantasmas para llegar hasta el fondo, donde están las experiencias sensoriales y la memoria del alma, fuera del alcance de la razón.

¿Cómo lograrlo?, me preguntaba. Una vez que ella se reencontrara con su ser perdido seguramente podría abrazarse y elegir el rumbo. Pero antes tendría que encontrar sus pedazos, rearmar su figura para seguir.

La vida es una sucesión de elecciones en las que intervienen espíritus extraños, yo los percibo, lo demás no importa. ¿Quién se anima a discutirme lo azaroso de la existencia y el misterio de las energías movilizadoras?

CAPÍTULO 9

El refugio de puerta gris se fue vistiendo con objetos personales de Verona y artículos domésticos. Construyeron el departamento, con ahorros del matrimonio, para ir asegurando ingresos en la vejez, pero ahora ella sentía que aseguraba su presente.

Los días transcurrían dentro de una burbuja que la mantenía separada del suelo y de los otros. La cubría la dicha de estar sola, sin horarios, circular sin fronteras, sin voces, sin siluetas, nadie habitando la cama, el baño. Encender la luz a la hora no señalada. Caminar desnuda. Subir el volumen en el instante justo, sin postergaciones, sin teléfonos, sin telenemigo a la vista. Lo más tonificante era la escritura. Componía a toda hora, en cualquier circunstancia, entre dormida, mientras comía. Su cama estaba tapada de manuscritos. La escritura no provenía de un tortuoso dolor ni de una euforia histérica, nacía de hondos pensamientos y emociones y también cuando se vaciaba de ellos, desde un lugar desconocido.

En simultáneo traspasaba a la computadora sus nuevos y viejos poemas, redescubriéndose detrás de los versos.

Esta crisis era diferente, no retrocedería un tranco. Verona estaba sorprendida de no padecer culpas. Estaba enamorada de la palabra y yo no dejaba pasar una letra:

"Cuando sangro
Cuando vivo
Cuando la loca me calla y yo la escucho
Porque me animo a decir cuando no sé
Como si valiera porque me vale
Cuando el blanco me hace lugar
Cuando me empujan
y cuelgo de estos cables de tinta para no caer
Como si supiera escribo
Como si fuese lo único
Cuando me arranco los garfios
Cuando no estoy acá y me estoy buscando
¿Dónde? ¡Qué importa dónde escribo!
Más allá o menos allá el lugar es el blanco
El espacio inocupado que me pertenece
No veo lo que escribo
Los ojos hacia adentro no miran
Y cuando el alma se desata y habla a gritos
hasta mi loca calla y cierra los ojos
Las tres escribimos
donde el blanco hace el espacio
Donde el espacio se hace blanco
Nosotras".

Estaba insolente, libre, delirante y no le importaba. Pero a la energía del despegue se le oponían la indiferencia áspera de su esposo, la mirada asustada de sus hijos, una distancia peligrosa del mundo real, cortinas de acusaciones y una pegajosa zozobra. Le dolía, y mucho, sentirse extranjera en su propia casa; sin embargo, cuando se arrimaba a ese viejo mundo, el imán de la costumbre la succionaba, la masticaba y temía que la tragaran otra vez. *Los fantasmas llegan del este,* pensó y pronosticó peste:

"Cómo se hace para seguir sola, al costado, en un mundo de años, pensando de dos en dos, dos por dos, uno en dos, dos en uno, de a dos, siempre en dos, número par, el primer par, dos mitades, un entero y ahora medio mundo, partida al medio.

Cómo se hace para rodar si la rueda está cortada y todo es semi, semicírculo, semiunida, semiseparada, semimadre, semiprofesional, semiacertada, semifeliz, semicompleta, semisegura, semiconversa, seminada, diseminada.

Cómo se hace para cerrar el círculo, crear una célula. ¿Escribir es secreción y agonía?".

Abandonó el lapicero y sus manos se deslizaron sobre la mesa con deseo de planicie, lentas contornearon una fuente hasta detenerse en una piña de un pino centenario que recogió cuatro años atrás en la Patagonia; la halló desgajada, sobre una alfombra mullida de hojas secas. El fruto alcanzaba cuarenta centímetros de extensión o más. Mientras lo observaba, acariciaba su corto tallo. De repente una ráfaga de aromas mentolados la arrebató de su abstracción. Acercó los dedos a su nariz y el intenso bosque andino de cipreses le habló, *¡Aun después de muertos se perfuma al alba!*

Tomó un marcador y exultante escribió la frase con letras grandes, en un mantel individual, nuevo, en complicidad con la piña, compartiendo la fórmula secreta de conservación del perfume. Dos Veronas cohabitaban frente a la mesa, la racional y la libre de razones.

En la mañana salió de su cueva recordando que estaba pendiente la selección de poesías para el certamen de Internet.

Según lo leído debía reescribir los poemas utilizando la memoria de la emoción y pulirlos hasta el cansancio. Pero necesitaba un entendido, un crítico que la guiara. Ya estaba decidida a emprender con seriedad ese oficio, pese a que la edad y no haber estudiado letras le jugaban en contra. *Primero voy a enterarme si tengo condiciones, ya lo dijo Virgilio, en cada ser hay un escritor en estado salvaje.*

Fue a la Facultad de Letras y preguntó a una amiga y profesora quién se dedicaba a la crítica de trabajos literarios y a enseñar técnicas y herramientas de escritura.

Al salir de la universidad, Verona tenía la garganta azucarada. Había dado el gran paso. La lluvia sabía a almíbar, se sacó el piloto. Esta vez no relacionó a las gotas con el llanto celestial, por el contrario, sintió que los caminos se limpiaban. Bebió las bendiciones y brindó con los espíritus que bajaban del azul. Los tiempos estancos terminaron para ella. Se amarró al secreto del certamen. En el consultorio, preparó los poemas para llevárselos al crítico recomendado. *Que sea lo que los dioses quieran,* murmuró y los dejó en sus manos.

Yo quería decirle: «El Creador nos regaló el libre albedrío y renunciar a él es el mayor de los pecados», pero ella debía descubrirlo.

Entretanto, mi mente gozosa, (no puedo ocultar mi alegría ante la decisión tomada por Verona) regresaba con Dante al 1265, a Arezzo, a Padua, a Florencia:

"O muse, o alto ingegno, or m'aiutate;
o mente che scrivesti cio` ch'io vidi,
qui si parra` la tua nobilitate.
Io cominciai: Poeta che mi guidi,
guarda la mia virtu` s'ell'e` possente,
prima ch'a l'alto passo tu mi fidi".[1]

---

[1] ¡Oh Musas!, ¡Oh alto, ingenio!, venid en mi ayuda: ¡oh mente, que escribiste lo que vi!, ahora aparecerá tu nobleza. Yo comencé: Poeta, que me guías, mira si mi virtud es bastante fuerte antes de aventurarme en tan profundo viaje.

CAPÍTULO 10

Con las lluvias de abril llegó el profesor que cargó los poemas de Verona en su portafolio negro. Fernando dijo que le daría su crítica y opinión, por escrito, después de leerlos con tranquilidad, que si tenía madera para tallar se lo diría en una semana. Se dieron cita en el refugio de Verona. Ella mostró, explicó, derramó adrenalina, excusó sus poesías, la pobreza de vocabulario, pidió disculpas por molestarlo y entregó su ser íntimo. ¿Sería el primer encuentro de muchos o de ninguno?

El profesor se fue y Verona quedó a la espera. La ansiedad prendió un motor en sus dedos y produjo en estado de ebullición.

"Me gustan estos tiempos cuando hablan los duendes con los diablos", escribió en el mantel individual que seguía sobre la mesa y se dirigió al consultorio.

El padre de Verona, pese a las actividades profesionales de médico que lo ausentaban, «como siempre desde que yo naciera», diría Verona, advirtió que su hija estaba distante y le comentaron que atravesaba una etapa dura. Al oír la entrada enérgica y el portazo, lo recordó. Esta vez no ignoró la crisis de ella, como lo hizo con la que padeció catorce años atrás, cuando concurrió a un psicólogo durante cinco años y él ni siquiera se enteró. Tampoco la madre ni los hermanos le preguntaron para qué iba ni qué le pasaba. Ella tardó en digerir el desinterés familiar. Su familia no quería enterarse de que necesitaba un psicólogo, menos de que estaba denunciando la *cossa nostra*. Verona y su tratamiento psicológico eran un grano que les dolía y comenzaba a supurar. Algo anduvo mal en la familia ¿y quién quería revolver la basura y mostrársela a un extraño?

Su padre entró al consultorio.

—¿Puedo hablar con vos, Verona?

—Sí, papá, pasá.

—Sé que andas con algunos problemas, que la estás pasando algo mal.

—Más o menos.

—Me contaron tus hermanas que te gustaría hacer un viaje largo para pensar.

—Sí, estoy revisando algunas cosas.

—Quiero que sepas que si necesitás algo podés contar con tu padre. —Extendió la mano con un sobre—: espero lo resuelvas.

Verona lo miró, no pronunció más palabras que dos:

—Gracias, papá.

Le dio un beso, aunque hubiese querido eternizarse en un abrazo.

Quedó con un sobre grueso y duro entre las manos. Imaginó o deseó que fuera una carta cariñosa, con consejos sabios. Vio alejarse la figura cansina de su padre, tuvo una sensación de ternura y agradecimiento por el manto protector que le tendía, como cuando de pequeña y en invierno se acercaba a su cama y la cubría con una frazada.

Cuando el marco de la puerta se vació, sus manos abrieron el sobre. Extrajo un cartón y al fondo dólares doblados. Pese a que era deducible el contenido, reaccionó. *No puede en este momento darme plata, sabe que la tristeza no puede comprarse ni venderse, hay cosas que no tienen precio, ¿qué hago con esta porquería?* No quería convencerse y revolvió dentro del sobre hueco. *¿Por qué no me escribió unas palabras? Si se la pasa escribiendo, ¿qué le costaban unas líneas?*

Su padre había pasado los ochenta y ella esperaba su consuelo, su niña seguía esperando. *¿No me conoce todavía? No necesito plata, no soy la hija que le pide plata.*

Regresó a su refugio cargando lingotes en la cartera. Era tanta su vergüenza que hundió el sobre entre las bombachas. Lo encontró meses más tarde al ordenar el placard, lo había olvidado. *¿Tal vez soy demasiado dura para juzgar a papá o será que las voces se sienten desde el útero?, ¿se oirán palabras en la panza? Presiento que sí, por algo me tortura lo que mamá contaba.* Automática, corrió las carpetas con dictámenes médicos, tomó su cuaderno y comenzó a escribir:

"Yo fui la última hija de varios hermanos y el embarazo no fue buscado, todo lo contrario, me confesaba mamá. Fui concebida en la década del '50, cuando los no peronistas eran perseguidos a balazos en la Argentina. Papá era político de izquierda desde su adolescencia, hijo de inmigrantes con una historia traída en los baúles de los barcos cargueros, henchidos de hombres esperanzados y laboriosos. Tenía una familia numerosa sobre sus espaldas y estaba amenazado de muerte por los peronistas, ya había caído preso y hasta balearon la puerta de nuestra casa. Mamá contaba que tenía preparada una silla alta y reforzada contra el muro del vecino para cruzar a mis hermanos cuando derribaran la puerta o recrudecieran las intimidaciones, estaba lista para salvarnos. El muro era alto y aunque los vecinos no estuvieran cruzaría igual a sus hijos, cayeran como cayeran, solo se rasparían un poco, aclaraba. Papá decía a mamá que si tenían que huir al Uruguay, no podían tener otro hijo, seguir con el embarazo era arriesgar la vida de todos. Mamá me repetía: «Estás viva por mí, porque yo le dije: quiero tener a este hijo y me puse firme. Gracias a mí; que si fuera por tu padre, no existirías». No existirías. No existirías. Eco mortal. Así retumba mi origen, como aborto frustrado, estigma de hija rechazada, negada, causa de peleas, mitad indeseada.

Persecución y revolución hubo, pero no tuvimos que exiliarnos. Nací y sobrevivimos con los ideales de nuestro padre. Me pregunto si seguirían discutiendo mientras yo germinaba, si hubo algo que mamá no me contó y yo escuché desde la panza, ¿supe antes de nacer que todos estaban en peligro por mi culpa? A veces, cuando tengo que luchar contra una fuerza que me tira para abajo, a los fosos, pienso que esas voces quedaron en mis células primigenias. ¿Marcarán esas palabras? Vida o supresión. Madre o padre.

Sé que a veces contamos historias muy duras a los hijos, sin conciencia, palabras con las que los matamos o los salvamos. Para qué me las dijo. ¡Los gestamos, los nacemos y los abortamos tantas veces!".

Intuí que se abría otra puerta roja en el interior de Verona y que debía seguirla, no perderle pisada:

"¿Puede un padre causar un dolor que te enferme? Si el premio Nobel de medicina demostró que los pensamientos producen cambios químicos, podemos revisar por qué nos pasan cosas en el cuerpo, el médico me lo dijo: «Hizo un aborto natural, señora, a veces, el organismo rechaza el embarazo, lo identifica como cuerpo extraño y lo expulsa». No tenía que oírlo, yo sabía que lo mío fue un embarazo no deseado, me explicó que cuando el feto no se ubica bien, el cuerpo lo resiste, pero una sabe cuánto rechazó un hijo. En realidad, no sabía que estaba embarazada, tal vez mi mente sabía más que yo. ¿La mente se entera lo que sentimos antes que nosotros? Pensar en esto es como escarbar con una cureta en la matriz del pasado".

Verona se levantó y se alejó del cuaderno. Sentía fuertes contracciones; dio varias vueltas alrededor de la mesa mientras respiraba profundo. Cuando calmó la agitación se acomodó en la silla y parió palabras muertas.

Cuento abortado

"Aquella joven seguirá escribiendo sus memorias, descamándose, con una pena que desbordó su boca vaginal cuando se desangró, cuando despertaron bañados en sangre, en la laguna blanca del dormitorio matrimonial.

Era una noche igual a tantas otras. Dormían en una casa vieja que la madre de la joven les alquilaba. Su madre era jubilada docente y la jubilación no le alcanzaba para comprar su libertad y todo pesito la ayudaba a desencadenarse del esposo. La vida de su madre giraba alrededor del macho, como casi todas las mujeres de la generación del veinte que privilegiaba la formación de los varones de la familia, razón por la cual su inteligente madre fue privada de la casa de altos estudios, y debió trabajar para que sus hermanos, los hombres de la casa, estudiaran.

Esa mujer no era enchapada como alhaja falsa: era puro oro por dentro y por fuera, opacada por el brillo del marido, enjaulada por prejuicios y por una madre castradora. Por eso, un mínimo alquiler servía y se los cobraba...

El matrimonio amaneció sumergido en un charco rojo, derrumbados sobre la sangre fresca que los bordeaba y los despertaba. Estaban rodeados.

Ella tendría veintiséis y él veintinueve. Despertaron inmersos en sangre en medio de la cama.

¿Cuánto habrá sido lo que perdió? ¿Litros? ¿Cuánto se había derramado en sustancias, esparcido en esa fosa púrpura que la expulsaba y la repugnaba?

Despertó por la humedad entre sus piernas y se levantó con el sopor del espanto. Se dirigió al baño mareada y el esposo quedó levantando las sábanas, limpiando el colchón, ¡qué desastre! dijo asqueado y asustado.

La joven se sentía sucia.

Se introdujo urgida en la bañera bajo la ducha de nácar que la regaba. Seguía atontada.

Se aferró a las canillas. Llovía agua sobre su rostro, sobre sus caderas, se lavaban sus entrepiernas manchadas, se arrastraban los líquidos que caían de su cueva. Y ella seguía bamboleante, se apoyaba en la pared y sangraba hilos rojos que rayaban sus muslos. Se limpiaba, se interrumpía fisurada entre rosales, su cuerpo sangraba rosas mientras se hamacaba en medio de la bañera.

Fue entonces cuando cayó un gran coágulo, un pequeño mundo, un nudo redondo de tejidos y sangre apelmazada y coagulada. La madeja rodó empujada por el declive y quedó como tapa impidiendo que se escurriera el agua de la pileta que se teñía de rosado, de rojo...

No debía inundarse. Ella seguía sola, oscilando, desvanecía inclinada sobre la pared, debía hacer algo porque se tapaba el desagüe por esa bola de carne que la aterraba, se llenaba la bañera, iba a rebalsar.

Ella zozobraba en aguas atascadas.

Cómo fue que se agachó y tomó entre sus manos esa pequeña madeja, pelota blanda de carne, ese huevo de sangre tejida, compacto, suave, más redondo que un huevo, un poco más grande, simiente que se le resbalaba.

Y lo sacó del agujero del desagüe y lo tiró al inodoro, a su hijo, a su feto.

Porque supo, porque estaba a punto de desmayarse, pero supo que era un hijo lo que arrojaba, su criatura de rosa y ámbar.

Hundió la bala de acero y tiró la cadena.

Dejó correr el agua. Todo se aclaraba.

Las fauces de los acueductos se lo llevaban. Los colores se blanqueaban, se limpiaban. Seguía pendulando. Temblaba. Amanecía. Sola.

El doctor en la mañana le dijo:

—Menos mal que se despertó a tiempo señora, podía haber muerto desangrada, ha hecho un aborto natural, lo indicado ahora es un legrado, hay que raspar las paredes por si ha quedado algo...

Y ella se preguntaba: ¿Qué pedazo, una pierna, la cabeza, sus manitas que parecían enlazadas...?

—La naturaleza es sabia, por algo lo expulsó... —continuaba el médico.

¿Y dónde estuvo el esposo que ella no lo recordaba?

Sola, con los brazos colgando sin sostén, gemidos en bozal, pálida y lejana, aplastada contra la muralla de geometrías azulejadas, inclinada en el baldío de agua ante finas venas ovilladas, un páramo de plasma, vestigios de una criatura a la deriva, desasida de su pequeño, de ternuras que flotaban sobre la bandeja blanca. Sola...".

El cuento se desgarró de las manos de Verona, las palabras la desangraron, la vaciaron.

Al mediodía, como una figura hueca, almorzó en su casa, en familia, en silencio. Cuando concluyó, armó otro bolso con más ropa, pinturas y un pequeño costurero. Seguía llevando retazos. Mientras deambulaba por la vereda con ropas y perchas, hizo curiosos giros, algo extraño la seguía, la sobrevolaba. En el refugio, frente a la luz, escribió con suavidad:

"Los hilos. Las manos llaman al silencio con la misma intensidad que los ojos devoran los vacíos. Escarbar o detenerme. Unir las sombras. Entretejer las muecas. Sintonizar el latido. Masticar los vientos. Tal vez ovillar los hilos de mi sangre y rodar...".

Hizo una tregua, se enroscó y rodó hasta dormirse.

Me preguntaba si era buen augurio tocar los hilos y provocar a las Parcas. ¿Estaban yendo con mi protagonista hacia su final? Todos sabemos dónde se acaban los hilos, pero dicen que las hilanderas no alteran las órdenes que el destino designa para cada humano. ¿Tendría Cloto seleccionadas las hebras y los colores para Verona desde su nacimiento? ¿Estaba Laquesis girando el huso a gran velocidad? Las tres hermanas son hijas de Temis, la Justicia. Pero es Átropos la que corta el hilo fatal cuando le place, y la mitología sostiene que nunca altera los mandatos supremos para no irritar a los dioses.

Yo no sabía qué tramaban las Parcas, estaba conmovido por el vacío en la matriz de Verona, por su tortura de sentirse cómplice de la muerte de su hijo y alerta ante esa pulsión materna de acompañarlo en el viaje. Alguna vez leí que toda madre quiere morir junto a su hijo. Pero la historia debía continuar, ella y yo debíamos seguir adelante.

CAPÍTULO 11

En la tarde no fue a trabajar, quedó leyendo y arreglando el jardín. Pero la tijera de podar no la ayudaba a ordenar los recuerdos, entonces fue en busca de su conector de ideas y anotó: *"No luchará por retenerme, está a la expectativa de que vuelva. ¿Inverna?"* Y siguió monologando: *"Las escenas se repiten, cuando me llamaron del trabajo durante el almuerzo, una excepción, puso su siempre cara de repudio desmereciendo mi trabajo, mis compromisos, se levantó con desprecio y abandonó la mesa. Es un intolerante y me violenta. A él pueden llamarlo, a mí, no. Hasta mi nieto me echó: «No te duermas acá, abuela, porque vos no dormís más en esta cama», dijo y me convirtió en piedra, como cuando jugaba a la escondida y me gritaban «pica piedra». Pero nadie preguntó por qué me fui, de qué huyo, qué nos parte la vida. ¿Una familia es a cualquier precio?, ¿a costa de qué?, ¿de quiénes?*

¿Acaso soy la única ahogada y moribunda? Es fácil acusarme de que siempre quise estar sola, un disparate, no me casé para separarme, me toma por idiota, cree que puedo aceptar esa teoría, no es soledad, es libertad lo que busco. Si los hombres aprendieran que ganan el corazón de una mujer cuando la hacen libre. Ya no sé qué es amar. Estoy perdida como todos. «Hasta que no cambies de actitud hacia mí no voy a volver», le dije. Qué quise decir... que me mirara distinto, que me recibiera con el rostro distendido, que no me interrumpiera, que me dejara terminar de nacer. Somos solos, seres solos de soledad infinita. Quizás deba pelarme entera, como la víbora que encontré en la quinta de mi amigo, el que me pretende sin decirlo, porque los adultos aprendemos a no decir lo que sentimos. La piel de la víbora entera es un signo; si ella puede mutar, ¿por qué no yo?".

Verona comprendía que nadie la ayudaría al cambio ni a la sobrevivencia, debía cargar su mochila y zarpar. Volvió al jardín, extendió las lianas de la enredadera sobre la pared descascarada y creó un muro de azahares.

Pero al reingresar le subió una amargura por la tráquea que la obligó a seguir contando:

*"El sábado cenamos y bebimos en este refugio, era la primera vez que me visitaba desde que me fui de casa. La música romántica preparaba el ambiente. Lo invité a bailar, me dijo «**no**». Mientras intentaba digerir el sablazo, inicié una danza solitaria, tenue, sobre los compases, para alejar el repudio que me arañaba y mantener la consigna de que en ese lugar yo hacía lo que se me antojara. Se acercó y rodeó mi cintura, nos*

enlazamos, nos dejamos viajar a la deriva. Hicimos algo parecido al amor y todo terminó partido. Dijo: «Concluyó mi turno». Se vistió y escapó a su cueva. El mensaje me hincó. Igual pregunté con voz servil: ¿Querés quedarte a dormir? Se fue sin responder. Esa noche no tuve fuerzas para evaluar la frase, la silencié. No la borré.

Ayer, compartimos el domingo y dejamos en paréntesis la noche opaca. Fuimos al río, con mates y diarios, nos engañamos con el calor del sol. Cenamos en la casa donde él seguía anclado. Al finalizar la velada, pregunté:

—¿Cómo te sentiste ayer a la noche?

Silencio. Más silencio.

—¿No vas a contestar? ¿Tampoco tenés necesidad de saber cómo me sentí en el primer encuentro después de tantos días separados?

Silencio. Bastante luego dijo:

—Iba a preguntar en otro momento.

Tengo una bolsa de consorcio repleta de "después", lo dejará para nunca jamás, no quiere reflexionar sobre el rompecabezas desarmado. Me sentí más sola estando con él. Abrí la puerta y volví a partir. Y acá me quedo", escribió Verona en un final que rodeó con un óvalo, y se desprendió de la birome.

CAPÍTULO 12

Era evidente que ese lunes sería un día de perros. El ácido corrosivo de “no sentirse amada” giraba en su disco. Hizo una prueba diciéndole a su marido: «Estoy escribiendo todo lo que siento, lo que me pasa y también escribía en casa cuando no podía dormir, ¿querés leerlo?» Y Mariano respondió: «Si tenés ganas, traelo». Eso no servía, Verona pretendía que el interés naciera de él, estaba harta de mendigar. Sacudió la cabeza y regresó al dormitorio, el aroma a vainilla de las velas la endulzó, encontró la cama con sábanas nuevas, sedosas y recordó más atrás... cuando construyeron el departamento, y lo invitó a convertirlo en un rincón de amor al gusto de ellos y el esposo se negó. Lo convocó a cenas con velas, él dijo «No». Le sugirió un *strip dance* que bailaría para él. Silencio. Reiteró la propuesta una noche más oportuna, él dijo: «Vos estás loca».

Ella tenía pudores, inhibiciones, no era bailarina profesional, sería la primera vez y necesitaba que él impulsara su sensualidad, un mínimo aliento. Las fantasías de Verona se hundieron y su erotismo quedó emboscado. Sabía que eran frivolidades, pero el rechazo era lacerante para la hembra que la habitaba. *Solo me quiere tener en sus dominios, falta que mee alrededor mío para marcar su territorio, hay personas que te desinflan, personas alfileres, personas que tienen sangre de horchata,* dijo al espejo. Y no sabía si esa última palabra existía, pero su madre la decía y le sonaba perfecta para los seres tallados en hielo seco. *¿Será desamor la causa de mi fuga o es algo más? ¿Y él qué sueña? ¿Tenemos algún proyecto en común que no sean los hijos? ¿Y cómo encaja mi proyecto personal en la maqueta?* Ninguna versión lo explicaba y estaba cansada de esforzarse para entender. «Sin un Plácido Domingo, es demasiado un Puto Lunes», dijo sonriendo mientras veía pasar su vida como una comedia de Woody Allen. *Y como dice Chaplin, todo sigue siendo un chiste,* se comentó, y al posar su mirada en una carpeta de *ñandutí* recordó a aquella paraguaya con más de setenta años que un domingo de campo confesó a Verona que su familia le eligió el marido, un señor veinte años mayor que ella, la casaron cuando tenía quince con el amigo del Partido Colorado; y a esa historia tan común en su país, la pintoresca mujer la concluyó de esta manera:

—Vos Verona, que sos una mujer entendida, inteligente por demás, toda una profesional, ¿podés explicarme por qué no existe la ley de la vacación matrimonial? ¿Cómo es posible m'hijita que todavía no se haya creado la vacación matrimonial? Con veinte días por año que uno pueda descansar del marido sería suficiente, ¿no te parece?

Verona apoyaba la propuesta legislativa de la paraguaya y daba por cerrado el maldito lunes.

Entretanto, detrás de la cara negra del espejo yo me preguntaba si la melancolía desarrollaría el ingenio de Verona, si la pena de amor la nutriría de un agudo entendimiento y desbordante imaginación o Verona sería víctima de la locura, como el triste Hidalgo cabalgando en busca del olvido. Para Aristóteles los seres ingeniosos son los melancólicos, pero para Cervantes es la locura la que le da ingenio al Quijote, locura que proviene del mucho leer que seca el cerebro, la mente se llena de fantasías y olvida el mundo real. Sabía yo que los humanos nunca dejarían de leer y lo importante era seguir a Verona, no detenerme en inútiles divagaciones. Al fin y al cabo, los únicos pensamientos valederos son los que salen al aire y se convierten en actos.

CAPÍTULO 13

Verona en su explosión convertía a la apatía del mundo en su combustible:

"No me gustan los hombres que no toman los toros por las astas y atacan en patota para clavar espadas. No me gustan los hombres que matan por una o dos orejas, por una gloria efímera de plateas... ¡Salud!", escribió mientras alzaba una copa de vino tinto.

Envalentonada, esa noche acercó el mantel individual sobre el que apoyaba su copa y escribió más frases desordenadas con marcador azul:

"La verdad es un lujo que no se da cualquiera. Caí en la trampa. No quiero dueños ni condóminos. ¿Quién no lleva en la punta de su arpón una ballena blanca? (dijo Olga Orozco). ¿Qué hay detrás de la puerta?".

¡Qué escándalo hicieron sus hijos al descubrirlo!

—Mamá, queda horrible, ¿y ahora cómo lo limpiás? Hubieses escrito en negro por lo menos.

—Pero hijo, es un mantelito de morondanga, acaso en los bares no están escritas las paredes y las mesas y a ustedes les gusta, ¿cuál es el problema?, es moderno, ¿no?

—Qué locura vieja, tu letra es un asco, queda espantoso, estás repirucha mamá, dejá de hacer pavadas, cualquier verdura, vieja.

Los comentarios eran lanzados apenas se acercaban a la mesa y veían el mantel escrito. A esta exigencia de cordura sus hijos le agregaban la culpa:

—Vieja, vos, hacé lo que quieras con tu vida, a nosotros no nos afecta, pero ¿qué hacemos con papá? Nos pregunta a nosotros qué te pasa y anda dando vueltas desorientado como bolsillo de manco.

Salirse de las normas traía resistencia, y cuánta. Sabía de antemano que el precio sería alto y no quería asustarse, conocía la paralización del miedo. Su marido la alertó: aguantaba pacífico esa decisión de alejarse por un tiempo porque no había un tercero, porque de la *necesidad de reencontrarse a solas*, era el estar *sola* lo que le permitía respetarla, si hubiese otro hombre no lo soportaría y se vengaría. Se lo dijo sin pelos en la lengua y Verona traducía: *Le dolerían las guampas más que mi partida, perder el título de macho exclusivo más que perderme, la diferencia es abismal, si no hay un hombre de por medio se lo banca, eso de buscar la identidad son pelotudeces, me dijo, es muy romántico lo tuyo pero muy inmaduro. ¿Qué es eso de la búsqueda de la esencia y la carga genética a esta altura?*

Y Verona contestaba en silencio: *Claro, te suena a cuento infantil como Martín Pescador, pasará, pasará... Pero quién será el último que quedará.*

Sucedía que el escape estaba durando demasiado. Las meditaciones y los días la llevaban cada vez más, Verona y su almohada no volvían, solo las sospechas. Ella leía en la mente machista: *Esto de escribir a solas no cuadra, 2x2 no me da cuatro, alguien la está chamuyando.* Y lo confirmó, el marido le dijo que tuvo un sueño con víboras y ella le preguntó con los ojos muy abiertos: «¿Qué tienen que ver las víboras conmigo?». «Las víboras son traición y los sueños son anuncios, ¿quién es ese profe de Literatura que vino a verte?».

Verona no podía creerlo, de alguna manera él tenía que manchar su decisión. Para su entorno escribir era un entretenimiento y no justificaba que dejara el hogar ni la profesión. Le fue bien con la medicina y ganó dinero, salvo que el profesor tuviera algo que ver, allí estaba la explicación de todo. *La imbecilidad es una enfermedad, si hubiera un hombre dándome vueltas qué carajo importa, lo que importa es el punto crucial en el que estoy definiendo qué palo de la cruz voy a seguir, no otro tipo de palo, no pueden aceptar que un hombre no es todo, que somos algo más que romanticismo y vagina. Fue un acierto buscarme en soledad, esto nos pasa a las mujeres porque mezclamos las cuestiones ontológicas con las cuestiones de pareja.*

Estaba tan indignada que se activó en Verona el recuerdo de una experiencia machista, y de bronca la escribió para dejarla registrada; algún día haría un largo anecdotario de machoboludismos:

"Durante la crisis matrimonial llegó Semana Santa. Decidimos descansar en Ituzaingó, a donde irían otros matrimonios amigos. Ellos se hospedaron en cabañas a orillas del Paraná y nosotros alquilamos una casa alejada para conservar la intimidad que se venía derrumbando como las barrancas. Durante la cena, la música del río se mezclaba con las copas y los croares. Mientras devorábamos un lechoncito asado, llegó, solo y sin preaviso, un amigo de los amigos, el médico.

Apenas arribado contó que huyó de su esposa y de otro matrimonio plomazo, que se ahogaba en la cabaña de cuarta que alquilaron y disparó chistes sarcásticos. Contó que cenaron alrededor de una mesita de luz de treinta por treinta, con una gorda desparramada que ocupaba el noventa por ciento del comedor, comiendo empanadas porque no tenían cubiertos y cazando con los dedos el mamón en el almíbar, que la mujer del amigo tenía conexión directa entre lengua y lóbulo, nula en coherencia, una maquinita sin stop... Raúl se convirtió en centro solar con seis satélites orbitando en su verborragia estúpida.

Al llegar, y sin conocerme, me saludó con besos ruidosos. Pasados los chistes, me lanzó la primera:

—¿Cómo va tu libro?

—¿Qué libro?

—Estás escribiendo un libro, ¿no? ¿Publicaste algo?

—No, recién empiezo —contesté mientras me preguntaba cómo se enteró de que estaba escribiendo, tal vez Mariano trató de justificar mi huida de casa.

—¿Qué escribís?, ¿cuentos, novelas?

—Preparo un poemario.

Estaba incómoda, no quería ser el centro de la reunión y menos que mis poesías lo fueran, eran un intento y no tenía idea de si perpetuaría en el oficio o abortaría, todo estaba confuso en mi vida y no quería hablar con extraños. Él insistía:

—¿Ya intentaste publicar? Porque ese sí que es un negocio sucio. Yo escribo cuentos, saqué premios, ¿sabías? Fui a Buenos Aires para publicar, las editoriales son una estafa, yo tenía que poner plata, yo, plata para publicar, unos dementes esos tipos, una me ofreció imprimir ochocientos ejemplares, un tarado, por menos de diez mil no publico.

Le pregunté si no llevó su material a la Secretaría de Cultura, que suele apoyar a los escritores y contestó:

—Eso a mí no me interesa, publico solo o no publico, mis cuentos son fantasiosos, ¿se acuerdan?

Rubén dijo que le gustó el del soldado. Y yo, metida, acoté:

—Aunque fueran fantasías, partirán de alguna vivencia tuya y ahora que las escribiste ya son parte de tu realidad, ¿no?

—¿Vos hiciste análisis? —preguntó como resorte y con el desprecio que los médicos tienen de la psicología, a la que tratan como rama auxiliar de la medicina.

—Sí —contesté.

—Cuándo termines mandame lo tuyo y yo te mando lo mío.

—Me falta un siglo, ahora estoy con un profesor de Literatura rescribiendo los poemas. Para poder

publicar tengo que pasar mi trabajo por un entendido en letras, que opine con crudeza y criterio. El lector merece respeto y aun no tengo capacidad crítica, no sé, me parece que lo tengo que hacer.

—Entonces, me ganás por dos puntos, estás dos puntos arriba mío, hiciste análisis y tenés un profesor que te coge.

¿Escribí bien? lo que escuché fue: «...y tenés un profesor que te corrige», y no dudé que todos oyeron lo mismo, de eso estábamos hablando, del profesor que corregía los poemas. Por suerte la conversación viró y todo quedó ahí.

Más tarde los hombres organizaron una salida de pesca para el día siguiente y Mariano me invitó a retirarnos. En el auto le pregunté por qué volvíamos temprano y no se quedó con sus amigos. Contestó:

—Con lo que tuve que aguantar.

—¿Que tuviste, qué?

—Sí, con lo que tuve que escuchar.

—¿Qué cosa?

—Lo que dijo Raúl, que le ganabas porque hiciste terapia y porque tenés un profesor que te coge.

No podía creer lo que oía.

—Estás reloco, cómo va decir eso, dijo el profesor que te corrige, no dijo esa barbaridad, a vos se te ocurre porque tenés la idea fija, eso es lo que pensás y escuchás lo que querés. No lo puedo creer, a qué mente le cabe que una persona normal diga eso. Y vos pensás que yo me hubiese quedado tan tranquila si oía esa guarangada —yo seguía hablando, la indignación me dio arranque.

Mariano se convencía de que escuchó mal, mientras yo me percataba de que mi marido no reaccionó ante la barbarie sino que consintió la imputación del doctor. Me hinché. Me broté. Tenía dos ofensas, por su mente retorcida y por su pasividad. ¿Cómo él no lo mandó a la mierda, o le dijo: frená tu lengua, algo?

Esa noche se partió la casa de fin de semana, una navaja filosa se hundió y corrió un río de hielo en medio de la cama.

Temprano los hombres se fueron a pescar y las mujeres nos reunimos en la playa. La costa del río estaba brumosa como yo. Iniciamos la ronda de mate y hablamos pavadas hasta que Graciela abrió su baúl de chismes:

—¿Por qué se fueron tan temprano anoche?

Contesté que estábamos cansados.

—¿Cansados? Si durmieron la siesta...

—En realidad, Mariano escuchó mal un comentario, se embroncó y nos fuimos al carajo.

—¿Qué comentario?

—Algo que dijo Raúl, pero oyó mal porque es un obsesivo y un desconfiado, según él, Raúl no dijo que tenía un profesor que me corrige.

—Ya sé, un profesor que te coge, escuchó eso porque eso dijo el idiota de Raúl.

—Estás loca, te habrá parecido.

—No estoy tarada ni sorda, cuando ustedes se fueron lo quisimos matar. ¡Cómo podía decir una asquerosidad como esa, que no te conocía, que si fue una broma se pasó la raya, que era un infeliz! Primero lo

negó, después que no se dio cuenta, que estaba mamado y no pensó, se sentía mal y quería pedir disculpas y...

Yo no quería saber más. Era cierto, el imbécil, rencoroso, equeco, malparido, macho resentido dijo esa barbaridad, me atacó gratuitamente, con intención de lastimarme y ofenderme. ¿A mí o a mi marido? Qué desubicado, qué palabrasmierdas se desparraman sobre la tierra mientras el río corre limpio a un costado de nuestra bosta.

Seguía incrédula, con la mirada ahogada en el Paraná, me costaba digerir gente de esa calaña. Recordé lo que acusé a Mariano y se abrió más mi herida porque el resto de los comensales se comió el vómito en un silencio global. Ahora, todo era global. ¿Era tan difícil aceptar que una mujer tuviera pasiones valiosas que no fueran, necesariamente, un hombre y su pene?

Y así terminó la Santa Semana, pero no la sospecha que es contagiosa, una peste global".

Verona cerró el cuaderno y fue a lavarse las manos.

Me parecía sentir en el aire la satisfacción de Lette al ver que Verona arrojaba la historia al río del olvido. Pero yo sabía que no se puede olvidar voluntariamente.

Cuando Descartes critica la mnemotécnica y desarrolla el camino intelectual del olvido no se refiere a una voluntad de olvido, sino más bien, a un acto de energía, un acto consciente de eliminación de los contenidos engañosos de las ideas, para llegar a un espíritu limpio y escéptico y quedar con solo una certidumbre intuitiva: la certeza de la existencia de uno mismo como ser pensante, pienso luego existo. Claro que esa era solo la primera etapa del camino intelectual cartesiano. Luego, por un acto voluntario se vuelven a cargar, con una nueva percepción, los contenidos desechados con el olvido. Y en esa segunda etapa, el hombre vuelve a recordar tras un examen crítico.

¿Qué hacía Verona, entonces? Estaba trayendo el pasado reciente con la escritura sin permitir que se acumule en el foso del pasado doliente. Mecanismo que antes usaba. Ahora recibía la realidad en crudo, la procesaba y la ingresaba en su dimensión exacta. De esa manera podría olvidarla sin que le pesara, o recordarla sin que le pesara. Ese era mi deseo.

CAPÍTULO 14

El profesor en Letras se reunió con Verona y le entregó su calificada opinión, la tan esperada: ¡Tenía madera!

Podían comenzar talleres personalizados para la reescritura, había que trabajar mucho. Le dio un extenso listado de autores para leer. Fue así como el refugio de la fuga se convirtió en "El taller de Verona". ¡Qué alivio familiar y social! Dónde estaba Verona: en un taller literario. ¡Cuánta solución para tantas preguntas sin respuesta! ¿Qué le pasa a Verona que no duerme en su casa? Se le dio por escribir y está todo el tiempo en el taller. Esa mágica palabra, "taller", tapaba lo anormal. La usaba la familia, la pareja y su círculo y dejaron de sentirse cuestionados.

Se puso en marcha la civilización de una crisis o el disfraz de mi sinrazón, se decía Verona, *me enfurece que resulte más fácil convivir con el engaño que con la verdad, las pantomimas insumen enorme energía, se entierran los sentimientos y sobre todo los que duelen... Para qué, ¡cuánta violación! Para qué me sulfuro; de última, la gente elige cómo quiere vivir; debería acostumbrarme, pero me viene un fuego, como esa historia vieja, más la evito más me manosea, si la exorcizo tal vez deje de quemarme*, y sin más, escribió:

Cuento violado

"Era una noche común, los suegros de ella estaban de visita. El matrimonio tenía dos hijos, el mayor de cinco años y la segunda de dos.

A la hora de la cena llegó un primo lejano del marido, un hombre mitad de campo, mitad de ciudad. Criado en un casco de estancia, los padres explotaban un aserradero del monte formoseño y criaban ganado.

Vida dura, de malos tratos, de instintos primitivos. La ley del Talión y las tradiciones criollas salvajes regían en el obraje.

Ese primo era el único hijo varón del dueño del campo, lo que no era un mero detalle. Significaba poder, diferencias, privilegios, influencias. Un niño malcriado y adinerado del monte, no es como el urbano. Puede cometer a su antojo atropellos y avasallamientos, embriagarse desde adolescente, maltratar al peón, propasarse y abusar de las chiruzas, de las poras, manejar de niño la camioneta, el tractor y la escopeta, cazando cuanto bicho o cristiano cruce por su camino. El hijo del estanciero podía andar matoneando en los caminos abiertos por el duro trajín de sus padres inmigrantes y el hacha de la peonada. Ese era el pariente que acostumbraba visitar al esposo, a la hora de la cena.

La comida transcurrió tranquila. Ella se retiró a la cama matrimonial con sus dos pequeños que jugaban a su alrededor saltando en el colchón que adoraban invadir.

La suegra pasaba a cada rato, intercambiaba su andar con el lavado de platos, el barrido, y la atención de la sobremesa de vino masculino. Sirviendo a los hombres, como acostumbraba.

De improviso apareció en la puerta del dormitorio el primo del marido y se tiró a los pies de la cama, atravesado, apoyando sus brazos sobre las piernas de ella, cubiertas de sábanas, aprisionándolas bajo su peso y rozándolas con cortos y disimulados movimientos.

Se encogió apresurada y molesta. Con las rodillas cubrió sus pechos, tapados por un sobrio camisón que eligió cerrado porque había visitas. Se hizo un ovillo.

Sintió el atropello. ¿Qué le pasa a este estúpido? Debe estar empedo, pensó. Titubeó. ¿Qué hago?, ¿qué le digo?, ¿cómo saco a este plomazo de la cama?

Tenía vergüenza ajena. Llamó a su suegra, casi con un grito. Llegó al instante. Le pidió que se sentara a su lado. Obediente, eso hizo. Inventó un comentario para justificar la solicitud y se sintió salvada. Mientras los niños seguían saltando sobre el colchón.

A los minutos, el intruso desistió. Quizás la fulminante mirada lo hizo retroceder. Regresó al comedor para hablar idioteces y seguir bebiendo.

Ella quedó inquieta, el visitante estaba a mitad de camino de una borrachera babosa. Recordó sus antecedentes de ebriedad, la historia oscura y turbia que lo envolvía: una investigación por violación múltiple y maltratos cometida por una patota de "niños bien" del campo a dos muchachas. Una forma de llamarlos, porque eran grandes los cuatro tipos que habían subido a dos jóvenes criollas a la camioneta, hijas de algún peón endeudado, se imaginaba ella. Las golpearon, violaron en todas las formas, quemaron con cigarrillos y las abandonaron, tirándolas al costado del camino rural. No muertas, pero silenciadas. Porque no hubo presos, solo escándalo. Imputados tampoco. Y ese primo del marido estaba entre los señalados.

Transcurrió un tiempo suficiente para que ella se tranquilizara y olvidara la tenebrosa historia.

Minutos después se puso un deshabillé largo, nada provocativo, y se encaminó a la cocina a prepararse un té. La cena le cayó mal.

Pasó indiferente y silenciosa por donde los hombres conversaban animados, los mismos temas.

Ya en la cocina, encerrada en su mundo, cargó la pava y quedó parada frente a la mesada y la pared, esperando que el agua hirviera. Desprevenida. Por qué habría de estar alerta si era su casa, su cocina, rodeada de voces familiares. La acompañaba la ventana que abría en sus mañanas y el repasador descolgado de la pared.

Estaba distraída, parada, esperando el vapor del agua, cuando sintió la mano violenta, dura, entrando entre sus piernas, desde atrás, con fuerza, volteando puertas, cortando como tijeras, penetrando, desgarrando sus ocultas esencias. Desaparecieron sus fuerzas. Parálisis. Sepsia. Mordaza. Odio. Voces muertas. Segundos fatales. Rígida, pétrea. Minutos, una hora eterna, la vida entera. ¿Quién lo sabe?

Fue subiendo su indignación desde la madre tierra, donde quedó pisoteada su dignidad y desde abajo de las grutas emergió la fiera. Saltaron sus piernas. Giró en redondo y se sentó sobre la mesada de acero, amurallando su puerta, salvando su entrada de mujer, su morada. Puso un escudo de metal a la cueva donde guardaba sus secretos, sus tesoros, sus sueños de amor, sus primaveras.

Él ya no estaba. Cuando sus ojos se animaron a ver hacia delante, el violador era ausencia. Apretó el borde de metal filoso de la pileta, sus manos sangraron. Los dientes contenían la furia y los gritos duros que brotaban de sus ovarios.

La boca fue licuando las sensaciones espesas que en lágrimas bajaron por los vidrios de su rostro.

Había sido ultrajada, en su casa, a metros de su esposo. No importaba si con una mano, una navaja o un pene. Había sido violada por la espalda. Hijo de puta.

No recuerda el tiempo que pasó allí sentada colgando las piernas como marioneta abandonada.

¿Cómo volver?, ¿cómo pasar al costado de la mesa y de la escoria sentada con cara de pez muerto?

¿Por qué no lo mató? ¿No le clavó el tenedor que estaba en el secador de la pileta, tan cerca? ¿Por qué no lo pateó? ¿Por qué quedó paralizada y muda como muerta?

Siempre le pasaba lo mismo, cuando alguien la lastimaba con palabras o como fuera, la ofensa la idiotizaba y su reacción era tardía, inútil.

No sabe cómo, pero volvió a la cama. No quería abrazar a sus hijos. Estaba contaminada. Tampoco sabe cuánto tiempo pasó, hasta que su esposo vino a dormir y ella fue a bañarse, a rasgar la mugre, raspar hasta el hueso del alma.

Cuando regresó le contó todo. Todo.

El esposo dijo que no era nada, que el primo estaba borracho, que no tenía importancia, que era un pobre tipo, sin familia, triste, que estaba hecho mierda, que no pasó nada.

Pero a ella qué le importaba que su vida fuera una mierda, la había manoseado, abusado. Era una basura, asqueroso, cara dura, que se hunda en el abismo del infierno.

Él insistía: «No exageres, algo habrás hecho vos. ¿Qué querés?, ¿que le parta el marote?».

Ella le hizo prometer que no lo entraría más a la casa y él se comprometió. «Voy a buscar la manera», le dijo...

¿A buscar la manera? Le estaba diciendo que encontraría una excusa para decirle que no viniera. Una excusa, una razón civilizada, para que el mal parido no lo tomara a mal.

¿Qué pasaba?, ¿ella estaba loca, histérica, o el marido también era una mierda? ¿Cómo podía decirle que buscaría una forma para que no se ofendiera el ofensor, el que toqueteó a su mujer, a sus espaldas y en su casa?

Ella no entendía. Ahora también se sentía violada por su esposo del modo más humillante, con violencia indirecta, urbana, con corbata, como cómplice, con el dejar pasar y no comprenderla.

¿Cuándo nos volvimos todos criminales? ¿Desde cuándo nos convertimos en asesinos de la dignidad, de la verdad? Alucinaba, mientras la memoria viviente regresaba.

Y los celos de él, qué rol jugaban esta vez; si la celaba, debía protegerla. Eran esos los celos bien entendidos. ¿O le echaba la culpa a ella?

No entendió ese día. No entendió nunca. Le dolió ese día. Le dolió toda la vida. Más aun cuando al transcurrir los años lo escuchaba en el teléfono hablar con el primo sobre el monte, o los veía conversar en la calle, en alguna esquina doblada por el dolor de ella.

Sentía desdén por los dos, por sus miserias".

Cuando Verona dejó de escupir, el cuento cesó y sintió lejanas angustias que gemían en sus grutas y empujaban gritos de fuego encerrados en sus caderas que se dirigían al incendio desatado en otras mujeres.

Verona se levantó, escuchaba alaridos que rasgaban la puerta gris, provenían de la calle, de la esquina, de una mujer, de muchas, como si las estuvieran golpeando. Se dirigió hacia la ventana, se vio reflejada en el vidrio, su boca estaba cerrada. Eran otras mujeres las que gritaban, tantas, tantas...

Yo me sentía indignado y compasivo, mis dientes rechinaban. Me sentía Minos sentado en el segundo círculo del Infierno, rodeado de lamentos de los condenados a tormento, de los pecadores carnales, de seres que someten la razón al apetito y estaba ansioso esperando la confesión de ese intruso pecador, porque en ese instante le arrebataría el espíritu y lo arrasaría a un violento torbellino, junto a los lujuriosos, a los incestuosos, y le enroscaría la cola siete veces; y enviaría al indigno visitante al séptimo círculo, a las gradas reservadas a crueles suplicios para los espíritus malditos que provocan un hedor nauseabundo junto a los hipócritas, a los rufianes y a los violentos; y lo mandaría al más profundo círculo infernal donde los espera Lucifer y las almas se consumen en el fuego, por haber lastimado tan vilmente a Verona.

Pero yo no era Minos. Me serené y me pregunté si esa mujer tendría resiliencia. De pronto me encontré repasando (tal vez para olvidar el recuerdo de ella) los siete pilares de una personalidad resiliente. *Introspección*: arte de preguntarse y darse una respuesta honesta. Ella lo estaba intentando. *Independencia:* saber fijar límites con el medio, mantener distancia sin caer en el aislamiento. Verona lo buscaba con su escape, lo que no sabía era si lograría un punto de equilibrio. *Capacidad de relacionarse*. Ahí flaqueaba, ella no confiaba en su capacidad de vincularse, algunos complejos la paralizaban. *Iniciativa*: exigirse y ponerse a prueba en tareas complejas. Creo que ella se atrevía y disfrutaba el desafío, lo demostró su viaje. *Humor:* hallarlo en la propia tragedia. Lo tenía. *Creatividad:* capacidad de crear orden y belleza a partir del caos y el desorden. Yo entendía que lo desarrollaba con la poesía. El séptimo atributo, la *moralidad*: extender el deseo personal de bienestar a la humanidad y comprometerse. Verona no lo lograba con su profesión, pero tal vez lo desarrollaría con la escritura. Y, por último, la base de los demás pilares: *la autoestima*, fruto del cuidado afectivo de un adulto significativo en su niñez o adolescencia. En eso flaqueaba.

Lo cierto es que Verona se resistía a su destrucción y si bien yo no era un dios ni un semidiós, bien podía reprobar la malicia y la bestialidad, entonces "*declaré culpable al alma de ese intruso, le compré un boleto al Infierno y se lo encomendé a Minos*", que se cague.

Silencié mi mente y, como Verona, escuché lamentos lejanos de mujeres víctimas de violencia, de tantas.

CAPÍTULO 15

Cuando Verona se enteró de que tenía madera para tallar estallaron sus arterias; tenía una salida y ella saltaba como una mona. Entonces recordó el horóscopo chino de la playa.

La noticia desató un aluvión. Los seres cercanos se hacían a un costado. Verona escribía convulsionada: *¿Por qué se escribe? Porque todo o nada, porque existe la palabra, porque hay algo loco, loco, que quiere salir al mundo, porque hay sueños inconclusos, porque la tinta te aguanta. Se escribe porque somos el verbo. Oh, dioses, las palabras...*

El lenguaje le abría un caleidoscopio desde donde Verona miraba el cosmos extasiada. Las palabras hervían en el caldero de su mente. *Escribo por los que aturden, los ciegos que timonean, los muertos que viven, los silenciados que oyen, las mujeres humilladas. Escribo por aquella niña que escribía mojada en los rincones, ahogada en su laguna de lágrimas. Mis letras son musulmanas con rostros abiertos y piernas con minifaldas.*

Compartió su fascinación con su hermana ingeniera que, mientras la oía, veía a Verona colgando de un puente de fórmulas exactas, con peligro de caer. «Imaginate Helena, solo veintinueve elementos crean millones de palabras, las formas de combinarlas son ilimitadas, como la creación. ¿Quiénes fueron los iluminados que concibieron el alfabeto y nos alumbraron para siempre? ¿Te das cuenta de lo magnánimo de la palabra?».

Repartía su deslumbramiento como una enamorada y en un encuentro casual lo transmitió a un amigo biólogo que le contestó: «¿Qué me decís a mí, si con cuatro sustancias químicas se forma toda la genética humana, somos el resultado de las combinaciones de tan solo cuatro letras del alfabeto genético, las C, G, A y T, que los genetistas argentinos llamamos Carlos Gardel y Aníbal Troilo; vos imaginate, Verona, que con la infinita composición de esas cuatro letras se forman las cadenas genéticas, y con solo tres sustancias se crea una proteína y las proteínas son las que provocan la fuerza energética creativa, y de esa manera se gestan los seres que integran el todo universal, ninguno igual al otro». El biólogo le explicaba la mutación evolutiva de las especies para sobrevivir y dibujaba en la vereda las cadenas genéticas, peldaños y barandas de aminoácidos, proteínas, sustancias mágicas. Estaba tan encandilado por el alfabeto genético como ella seducida por el lenguaje.

Intrigada, buscó la historia del alfabeto y aprendió que las primeras escrituras aparecieron 4000 años a.C. y fueron las jeroglíficas de los egipcios, llamadas pictográficas; y luego asomaron las cuneiformes de los mesopotámicos para quienes las letras fueron signos que representaban sonidos.

A lo largo de la civilización, el hombre delataba la imperiosa necesidad de comunicarse. Y Verona descubría que lo genial fue darle sonido a los signos, inventar signos fonéticos. De ese modo, se amplió de manera infinita la combinación y la posibilidad de darle a una idea, a lo intangible, una identificación, un nombre, una forma de mostrarse y decirse. «De lo contrario», explicaba a su amigo, «¿cómo dibujaríamos *sentimiento* por ejemplo? Poetas como Gelman no habrían podido crear palabras para expresar emociones que todavía no tenían nombre, como *desmadrizar,* ¿entendés*?;* el lenguaje te permite graficar historias y darle voz a seres inexistentes, el hombre se ingenia para asir lo inasible y seguir creando, imaginar más allá de los confines, la palabra es sonido infinito, un río de signos sonoros», dijo al amigo y lo dejó con su puntero de maestro, para regresar al refugio.

En la noche volvió a sentir un fuerte dolor en la base del cráneo que la perseguía desde hacía tiempo y estaba tan despierto como ella en las noches de insomnio. Para su mente trágica le crecía un tumor en el cerebro y un pensamiento, *¿y si nunca escribo la poesía que sueño?* Intimidada, le escribió una carta:

"Palabra: Necesito cobijarme en vos. Recorrer tus fórmulas sin límites. Reinventarme. Es tu consuelo más cálido que un beso y tu entrega superior a la mía.

Me trasluces con tu memoria de espumas. Me hundo en tus carnes. Libo en tu demencia. Nutres el hambre de mi hembra. Nada me falta. Toda para mí en vasijas de dátiles sin censura. Desmesurada sobre mis faldas. Alumbras el misterio de los fondos. Muero y resucito recreada a tu lado. Cómo no voy a amarte, Palabra, si existo empalabrada".

Sonrió ante el término inventado; estaba subida a la proa de una barca. El dios Eolo controlaba a sus doce hijos y soplaba una brisa constante para ayudar a la pagana en su viaje. Las tempestades quedaban guardadas en odres y yo sentía que las olas se sosegaban.

TERCERA PARTE

CAPÍTULO 1

Verona giraba en la butaca de su consultorio, veía pasar los libros de la biblioteca forrados con cuero y revisaba el origen de su profesión que reaparecía en antiguas conversaciones familiares:

—No podrás ir a estudiar a Córdoba después del Cordobazo, Verona. A Rosario tampoco, está revuelta, el país está viviendo una lucha sangrienta, conformate con ir a donde están tus hermanos.

—Pero mamá, a mí me gusta la Psicología.

—Entonces tendrás que buscar otra carrera que te guste, hija, para nosotros es un esfuerzo grande mandarlos a estudiar afuera y agradecé que tu hermano se recibe este año y podremos costear los gastos, ya te dije, tengo miedo de que te pase algo, Argentina vive tiempos difíciles.

Así fue como Verona, con diecisiete años, estudió Medicina, sin posibilidad de cuestionar la elección aun cuando fuera contraria a su vocación. Dos anteojeras y a cabalgar sobre los libros, lo importante era obtener un título universitario, los descendientes de inmigrantes estaban convencidos de que si sus hijos eran profesionales tenían el futuro asegurado.

Entró Sonia y la vio girando en el sillón:

—¿A qué se deben esas volteretas?

—Estaba recordando cómo llegué acá, ya sabés que estoy en crisis con la profesión, mucho intelecto y responsabilidad pero poca pasión y eso sin entrar a hablar de los cuestionamientos al sistema de salud; ya me convencieron de que el hombre causa las enfermedades, eso es peligroso, ¿no te parece? Ayer un avión volvió a fumigar arriba de una escuela llena de alumnos y rodeada de soja, ¿qué me decís a eso? Los médicos recogemos el basural que dejan los envenenadores.

—Verona, me parece que te exigís y cuestionás demasiado, sos buena en esto.

—Yo había elegido otra carrera, ¿sabías?, la medicina fue un desafío, pude hacerla y gané el pan para mis hijos, hasta ahí iba bien la cosa, ahora es un lastre.

—¿Por qué serás tan complicada e implacable? La pelota de tu vida giró, es todo, ¿no decís que la vida es una esfera que rota y se sostiene en solo un punto por vez?

—Quizás la orfandad tenga que ver, no sé, sin padres, ahora sí la vida y yo, frente a frente y sin techo —concluyó Verona, mientras miraba el consultorio vacío de su padre.

La muerte repentina de su papá la dejó huérfana en medio del caos. Él se descompensó de pronto y en cuatro días partió entre silencios cargados de mensajes que ella no atinaba a descifrar. ¿No decía yo que había fuerzas extrañas revoloteando? Por qué todo sucedía en tan corto tiempo.

—¿Y qué querés hacer? —preguntó Sonia.

—No sé, sigo aturdida, si no me alejo y dejo entrar algo de luz no logro pensar.

—Tomate el año sabático de los jóvenes.

—No puedo dar un portazo y chau.

—Dejá de joder, es cuestión de tomar la decisión y arriesgar, no sigas dando vueltas, no tenemos siete vidas como los gatos. Pensá en lo que te ata y empezá a cortar las sogas una por una, después vas a saber qué hacer con tu vida suelta y libre.

Sonia miró el reloj:

—*Sorry*, Verona, tengo una cirugía, después seguimos.

—Chau, suerte.

Verona seguía rotando: *¿Qué me ata?, ¿a qué le tengo miedo? A depender de otros, sentirme autosolvente me hace libre, ni loca renuncio a eso, está bueno seguir casada porque quiero; pero no es suficiente, la libertad que necesito es otra y quiero dar más, ¡qué cachiquengue!, diría mamá. La profesión me obliga a levantarme, me justifica. ¿Y si me deprimo y no salgo de la cama porque no tengo compromisos? Escribir es lo único que quiero hacer. ¿Servirá para algo?*

Se levantó a cerrar la ventana, una ráfaga la despertó de sus cavilaciones. Pero cuando se sentó alguien la esperaba: *Así empezamos mal, Verona, si actuás por un resultado estás perdida, la libertad está en dar, en hacer y desprenderse, no esperar una paga, algo así como ¡que sea lo que los dioses o el destino quieran! de lo contrario te estarías encadenando sola; la vida no es un negocio y vos odias la especulación y a los ventajistas.*

Silencio.

No sé si es lo mejor, pero cuando escribo me energizo. A veces, leo lo que escribí y no me reconozco, como si hubiera estado poseída, en trance.

Silencio.

Tal vez allí está el secreto, escucharse y decir, sin necesidad de que cueste para que sea valioso, el trabajo no tiene porqué sentirse como carga, eso dice esta sociedad que a todo le pone precio, lo vende o lo compra. Se puede gozar el trabajo.

Mientras escuchaba la voz extraña, Verona miraba una poesía. Posó los ojos un tiempo más y se levantó. La secretaria la vio pasar con una carpeta pegada a su pecho. Fue directo al taller y se preparó para rescribir a todo pulmón. Se presentaría en el certamen que mencionó el profesor; era una propuesta exigente y ahora nada era imposible, el mundo de las musas estaba en la punta de sus dedos, tentándola.

Al pasar frente al televisor se vio reflejada abrazando una palabra, mientras el conductor de televisión, Galán, anunciaba en su programa: «Se ha forrrrrmado una pareja». Rio con frescura.

Detrás de la risa, su mente no dejaba de taladrarla: ¿Su pasión sería compatible con el matrimonio y la profesión? ¿Era la escritura su razón de vida o solo una vía de escape para hacer lo que se le viniera en ganas? Verona no lograba conciliar con el mundo exterior y cabalgaba a rienda sueltas solo cuando se aislaba de todos y de todo. ¿Se dejaría invadir y abusar otra vez?, no podía permitirlo, era una guerra a cielo abierto: sistema-matrimonio-familia-profesión versus la poesía. Ante la intensidad de la batalla intentaba alejarse del combate para tener una visión amplia.

Pero sucedió lo insospechado: el esposo se acercaba sigiloso a sus letras. *¿Un impasse o una trampa?*, se preguntó Verona cuando ingresó a su taller y lo vio de pie dentro de su cueva, en medio del comedor, erguido, elegante, delgado, vestido de blanco, parado sobre patas de metal, convertido en un cartel que decía:

"Ojala lo logres

Te ama

Tu vecino".

Mariano le regaló un pizarrón moderno, de aluminio, grande y práctico, *para que planifique una novela,* pensó enseguida Verona, relacionando el regalo-sorpresa con el comentario que la semana anterior hizo a su marido: «Los escritores suelen utilizar pizarrones para armar una novela, dicen que es como proyectar una obra de arquitectura, hay que levantar una estructura, encajar todas las piezas en un engranaje delicado como un reloj». Y ahora él le obsequiaba un atril, un chiche donde hacer los planos. Tenía grandes hojas móviles de papel y sobre la base de fórmica blanca estaba el mensaje grabado con lápiz negro lavable, imborrable en la memoria de Verona. *Los gestos de amor, los generosos, te ganan, me derritió esa frase, cuando se lo propone puede ser un dulce y aceptar al otro, ¿o está tratando de conquistarme para retomar posesión?,* se dijo detenida ante el obsequio, y a la defensiva, como toda mujer que se ha sentido alguna vez, en mayor o menor intensidad, agredida.

Quedó pasmada, justo cuando comenzaba a descubrir un nuevo amor a quien entregarse, a divisar la punta del ovillo, a pensar que el desamor de él justificaba más aun su libertad, su separación, a convencerse de que su egoísmo machista no le permitiría compartirla con la escritura, cuando la elección de vivir sola estaba casi tomada, todo viraba y convulsionaba. Y no era que por milagro ella olvidara los malos momentos, que la rutina no la asustara, que la familia y la profesión no la hubieran tragado; todo eso fue real, pero no hasta al extremo de extinguirla. Él era egoísta, como todos; si ella se respetaba, también lo harían Mariano y el resto del mundo. No podía pedir a los otros que hicieran lo que ella no hacía consigo; si lo permitía, la someterían, robarían sus tesoros y los cargarían en sus cofres de piratas; él era un ladrón como tantos, de mayor o menor calaña, golfo al fin y ella debió estar alerta, cuidar su gema de cualquiera que quisiera saquearla, hasta de ella misma, de su cobardía, de su traición y de su propio olvido. Ella no supo protegerse. Ahora era diferente.

Verona se envalentonaba ante el hombre que se le acercaba con felina destreza mientras observaba al viejo amor moribundo que pujaba por renacer. *Reciclaje. Retroalimentación. Resurrección. Todo tiene que ver con todo, la cadena vital cósmica está en funcionamiento*, se dijo.

Quedó esa noche protegiéndose en su madriguera, inquieta. Se abría un tercer acto, la escenografía no era la misma y ella no conocía el guion. Estaba casi a fojas cero.

A mí lo que me tenía sorprendido era la coincidencia de que en plena crisis de Verona moría su padre, una figura crucial y un escollo difícil de sortear en su destino, aun cuando lo muerto fuera el padre físico y no el internalizado en su psiquis.

Entendía que ella se venía liberando de los mandatos paternos desde antes de la fuga, pero la muerte ayudaba, los hijos terminan de nacer cuando los padres mueren. Me preguntaba si el señor Destino decidió la oportunidad de la partida de su padre para limpiar su camino; y no puedo negarlo, me cabía la sospecha.

Lo que sin duda influyó a favor de su lucha por la libertad fue que el padre, antes de morir y de entre todos sus hijos eligió a Verona para pedirle, con los últimos alientos, en la camilla del sanatorio, que llevara a cabo el acuerdo familiar de bienes que él no logró alcanzar, porque obtener un pacto entre tantos hijos no es una labor liviana: se ponen en juego bienes, rencores, ausencias e inequidades entre los hermanos nacidos con estrellas y los nacidos del lado oscuro del planeta, los nacidos dentro y fuera del matrimonio, los escuchados por los dioses y los sepultados en la desmemoria de lo pecaminoso. Existía un pasado de sombras en la historia de su padre y delegó a Verona la tarea de alumbrar el final del túnel sin conflictos, y para ella fue un voto de confianza, fue la demostración de amor paterno que le faltaba a su menguada autoestima.

Y ahora se sumaba la inesperada reacción de apoyo de su marido. Lo sostuve desde el comienzo: todo confabulaba.

CAPÍTULO 2

Como en la vida todo es movimiento, la historia se movía.

Su hijo Luciano logró salir de Estados Unidos sin visa, sano y salvo, y con algo valioso para su madre. Antes del regreso preguntó: «¿Querés que te lleve algo, mamá?». «Sí, comprame una *notebook* con la tarjeta, simple y buena». Aunque no era oportuno comprar, el cambio era desfavorable, desde el 2001 había desaparecido por magia de los argentinos, la fantasiosa política económica de la paridad peso-dólar. «Los políticos argentinos son grandes magos, hacen desaparecer a las personas y los ahorros de un saque», comentaba Verona. Lo cierto es que el mensaje de compra estaba dado y en el joven, presto a consumir, actuó como orden. A solo dos días, su hijo le comentaba marca y cualidades de la ingeniería cibernética, que Verona ignoraba.

Durante la espera continuó con la corrección de poesías y los cuentos que brotaban como lava, pero los minimizaba, *son naderías*, se decía.

Sus hábitos no justificaban la inversión en una *computadora* portátil, ella escribía en cualquier lado, parada, en el auto, tomando sol, en una fila bancaria, en un semáforo. Situaciones donde no podría portar una *laptop*.

Por cierto, pasó como pasan las cosas trascendentes, sin razones ni aspavientos, la herramienta se instaló en su biografía y Verona se encariñó con ella. La cuidó y la investigó. El primer escollo fue el procesador de texto en inglés, hasta que logró introducir su adorada lengua castellana, «lengua-mujer», la llamaba.

Se propuso copiar viejas confesiones manuscritas. ¡Qué mejor herramienta que la *notebook*! Poner en limpio los borradores de su memoria no fue fácil, algunos signos de tinta se veían chorreados por lágrimas, de lo escrito con lápiz quedaban sombras indescifrables, y algunas palabras parecían no querer decir. También estaban los textos ilegibles, la caligrafía de Verona era infantil y confusa. Confusión y horror que se dibujó en los rostros de todas sus maestras y profesores del pasado.

Al archivo-vasija lo bautizó con el nombre de MARGARITA, que representaba su osadía, el viaje peregrino más transcendente. Los días de traspasamiento de escritos se sucedían en el taller hasta la madrugada; en Margarita entraban las vivencias descubiertas en el fondo de cajones, de carteras pasadas de moda. Complejos, miedos y fracasos. Las muertes. Culpas. Traiciones. La maternidad. La vocación gimiente, su violencia, sus vergüenzas, fantasías. Las musas revolvían el fango en las lunas de Verona. Un *collage* se bosquejaba en la gris pantalla informática.

A medida que copiaba iba estrujando y arrojando los papeles a la basura. ¿Para qué guardarlos si luego de corregirlos los imprimiría y los grabaría en un CD para protegerlos? Para eso el hombre inventa las herramientas, ¿no? *Ahora están en la PC con letras artísticas y bajo control ortográfico*, razonaba Verona. Margarita engordaba, la máquina aspiraba gritos y carcajadas del pasado, algunas poesías ponían piel de gallina a la *notebook*. La carpeta tenía tres archivos: Margarita testimonial, Margarita poeta y Margarita cuentera.

En el segundo atesoraba las poesías para el certamen con las correcciones sugeridas por Fernando, hasta que llegó la desgracia, el día de la tragedia.

Esa tarde cargó con sumo cuidado la computadora en el auto. Trasladaba su taller ambulante al consultorio para conectar la *notebook* a la computadora e imprimir los archivos. También le serviría para trabajar en su oficina. Y como objetivo inmediato, pasárselos por Internet a su profesor y acelerar la corrección. *Ver escrita una poesía en papel es otra forma de leerla,* le decía Fernando, *la palabra ingresa por desconocidas bocas de los sentidos.*

Eran más de las nueve de la noche. Estaba sola en la oficina cuando dio inicio a la concentrada tarea de transmigrar, siguiendo las instrucciones teóricas del técnico:

«Pongo este cable aquí y enchufo acá, abro el

archivo privado de la PC. No, al revés, primero voy al archivo Margarita, aprieto el ícono *edit*, no, perdón, primero el botón derecho del *mouse* y después *copy*, luego ir al archivo de la PC que debería salir en la pantalla de la *notebook*. Aquí está, ahora me asiento aquí, aprieto *paste* y sale el nuevo. Bien, apareció Margarita. *Speta speta* Verona. Ahora selecciono el duplicado, copio, borro el que está repetido. *Delete*. Listo, ahora de nuevo al archivo privado de la PC y controlo cómo tomó las letras, Horacio me advirtió que serían distintas, el Word de la *portatil* es más moderno. A ver, a ver... ¿Dónde estás Margarita, adónde fuiste a parar? ¿Por qué no aparece? Algo hice mal, tiene que estar por acá, en la M. Tampoco. Carajo, ya son las diez, no me digas que voy a tener que repetir todo el procedimiento».

Verona giró la butaca y otra vez se plantó frente a la *notebook*. Entró a WP 11, aparecían varios archivos y algunos de su hijo, pero Margarita no estaba. No puede ser. ¿Adónde la mandé? Comenzó a hurgar para arriba, para abajo, cada vez más mareada. Entró a *My-Computer*, pasó a *Search*. *Este inglés de mierda que nunca aprendí*. El buscador en lupa escarbaba y Margarita seguía escondida. *Page up, View*. «Debe estar acá, dónde si no, voy para atrás, para atrás, la flecha puede ser una salida».

Ninguna maniobra devolvía el archivo a la pantalla. Regresó al explorador de Windows, el cursor recorría la pantalla como un globo disparado desinflándose. El visor se tornaba cada vez más blanco.

«No puede ser. ¿Qué mierda hice? ¡Dios mío! ¿Dónde está mi archivo? Margarita, no me vuelvas loca, ¿Qué hora es? La puta digo, yo no toco más esta porquería, me cago en esta tecnología que no engancho». Soltó las manos del teclado como si tuviera veneno y llamó al técnico. Discó el número del celulú, como llamaba su hijo al novedoso celular.

—Horacio, hola, perdoname la hora, habla Verona, estoy en la oficina, estaba pasando los archivos de la *laptop* a la computadora, como me enseñaste y no sé qué hice, creo que perdí todo.

—No se preocupe, Verona, seguro lo encontramos, ¿está prendida la máquina... Sí. Apriete... ¿qué apareció?... Bueno ahora apriete... Luego vaya a... ¿Apareció?

—No, no está.

—Bueno espere, mejor no toque más, no se preocupe, cierre la computadora yo voy mañana...

—¿Mañana recién? ¿Y si al apagar pierdo todo del todo?, ¿qué hago? Está mi diario ahí, todas las poesías del certamen… Horacio, por favor, ¿no podrías venir? Te espero el tiempo que sea.

—Mire Verona, estoy trabajando en una empresa con problemas, tengo para rato, déjela prendida y mañana la veo.

—¿Prendida?, ¿que la deje sola acá, que no queda nadie?

La voz de Verona se quebraba, Horacio advirtió la desesperación. Desde la visita anterior lo asombró la ansiedad de esa mujer madura y las expectativas depositadas en sus escritos.

—Bueno, Verona, espere, voy en un rato.

Verona zapateó, golpeó la pared con la cabeza, todavía quedaba una cola de cometa de donde colgarse. Puso su espalda contra la pared para sostenerse y dejó los pies alejados de los zócalos; y en esa inclinación, a punto de caer, con los brazos yertos pesándole en los lados, quedó suspendida del tiempo, colgando de dos broches que prendían su vestido de una soga, era ropa puesta a secar, el cuerpo desaparecido. *No lo puedo creer, no me puede estar pasando esto, sobre llovido mojado, no puedo haber perdido todo, yo grabé y después borré, no te enloquezcas, tranqui, no pasa nada, los técnicos saben*, se decía.

Transcurrió un siglo hasta que oyó el timbre.

Era su esposo que venía a acompañarla. Verona le había avisado por teléfono la razón de su demora y él estaba alerta ante la crisis de ella, era protector. Cuando oyó el motivo del retardo, imaginó la consternación de su esposa, la conocía.

—¿Qué pasó?, ¿se te cortó la luz?, ¿una baja de tensión?, ¿qué se borró?, ¿probaste...?

—Por favor, Mariano, no me preguntes nada, no puedo razonar.

Silencio. Él sabía guardar silencio. Y esperar.

Verona caminaba alrededor del escritorio con las manos tomando su cabeza. Cuando se detenía cruzaba las manos sobre el vientre apretándolo, con la ilusión de vomitar o parir.

El timbre.

—Hola, Horacio, gracias por venir. Decime por favor que podés hacer algo, que la ciencia ahora no pierde nada y vas a salvarme.

—Primero cuénteme los pasos que hizo mientras yo busco —dijo el joven instalándose frente a las dos caras informáticas. Verona relataba entrecortada, de pie, detrás de Horacio, lo que hizo, incoherente. El ingeniero movía el cursor con una velocidad que enloquecía más a Verona, y cada vez que aparecía un archivo estaba vacío y las opciones se agotaban. Ella sabía que en algún momento la búsqueda concluiría y estaba cerca, cada vez más cerca, el final.

Horacio intentaba explicar:

—Si hubiera hecho un *delete* del archivo entero sería casi seguro que lo encontraríamos, pero usted dice que entró, señalizó el texto y borró. Si la otra computadora no tomó antes el texto, habría borrado el contenido del único archivo que tenía, o sino lo recuperaríamos de días pasados y tampoco está.

Faltaba la última frase que no tardó.

—Lo lamento señora, es imposible, se grabó sobre sí misma y después usted borró el mismo archivo desde adentro, ¿me entiende? Siempre trabajó en el mismo. Igual voy a consultar si existe algún método para regresar al pasado...

Cuando Horacio sacó los ojos de la pantalla para concluir el comunicado mirándola a la cara, como símbolo de respeto a la señora Verona y a su desgracia, como los médicos cuando te dicen *«no hay nada más que hacer, hemos hecho todo lo posible...»,* no la encontró.

Se levantó atemorizado.

La descubrió sentada en el suelo, detrás del escritorio, sobre la alfombra, las piernas encogidas y la cara enterrada entre las rodillas, desde donde se escuchaba:

—¿Y ahora qué hago? ¿Y ahora qué hago?

Estaba sola, su marido partió silencioso durante las tareas.

El joven técnico estaba asustado, nunca vio a una persona en esa forma. No sabía qué decirle a esa mujer doliente acurrucada en el piso, quería huir de esa situación espesa, una niebla invadía la oficina.

Verona, hundida en la rabia que empezaba a socavar los cimientos, levantó la frente y lo vio. Se percató de su imagen lastimosa al ver la cara de espanto del joven, se levantó y dijo:

—Gracias, Horacio, sé que hiciste todo lo que podías. Si descubrís algo más, avisame.

Lo acompañó a la puerta mientras abría su cartera y le pagaba.

—Si averiguo algo, llamo.

—Gracias —dijo, a sabiendas de que el humano todavía no inventaba la máquina que pudiera traer el pasado al presente.

Tenía ganas de patear, putear, cavar y sepultarse, pero regresó. Continuó la escena de autocontrol que inició ante Horacio. Apagó las dos computadoras y se dirigió a su refugio.

Viajó amordazada. De vez en cuando, en alguna esquina, repetía: «¿Y ahora qué hago?».

Yo me preguntaba lo mismo: y ahora qué hago y ahora qué digo, qué sucede después.

CAPÍTULO 3

Llegó al taller, se acomodó en el sofá, subió las piernas y otra vez se convirtió en madeja fetal, con un cordón en el cuello, por largo tiempo. En la madrugada de un nuevo insomnio, casi en la oscuridad, se destrabó y escribió sin ver:

"Doble luto tiene mi alma
Mi padre y la palabra
Cuando puse de costado el cuerpo
se oprimió una nube blanca
y del cielo cayeron lágrimas pesadas
Vuelta a la izquierda la espalda
relámpagos y truenos
descendieron en lanzas y granadas
Entonces supe dónde estaban apresadas
Las palabras quedaron atascadas
en el portal de la garganta
no querían mojarse

afuera
llovía a carcajadas".

Se volvió a enroscar sin cerrar los ojos. Con los primeros rayos de sol levantó la *notebook* que dormía en el suelo y escribió:

"¿Cómo decir algo si Margarita murió? Estoy en el mismo lugar del comienzo. Yo la maté. ¿Cómo pude desaparecerla? Toda mi creación al espacio cibernético. A la mierda. ¡Cómo pude, cuando lo escrito eran las huellas de mi talismán! ¡Cuántas pérdidas! ¿Por qué todo en junio? No recuerdo lo creado. Era toda mi vida, ¿y ahora? No voy a resucitar ya ni quiero. Estoy de vuelta en la cueva y ahora sin letras. ¡Dios! Eran todas mis poesías lo único que soy: enigmas, hipótesis, líneas por continuar.

Es difícil rehacerlo, preguntó Horacio. El hombre no puede regresarse. Todo al agujero y mis manos tentadas a teclear el último verso. Pero no lo recuerdo.

Necesito la palabra. El puente que me unía se desplomó. ¿De qué lado estoy? ¿Y ahora cómo sigue la historia? ¿Qué sobrevivió al monstruo que en segundos me devoró? ¿yo quería matarme? ¿Asesina serial? Decime vos, la de adentro, la que me habita, la que siempre me habla: ¿No hay consuelo para Margarita? ¿Ha muerto casi niña mi alma de poeta? Auxilio. SOS. SOS. Sabía que no podría, lo sabía SOSSSSSSSSSSSSSSSS".

Dejó su mano sobre la letra S hasta que se levantó.

Yo quedé perplejo, me dio lástima de verdad y como suele pasarme ante lo inesperado, lo indescifrable, me sumergí en la historia para hallar respuestas, en los cambios vertiginosos del último siglo, en la forma de supresión de los registros, y recordé a Chamisso, el hombre que debió masticar y tragar cada una de las hojas de los expedientes de los presos de Robespierre para poder liberarlos de su pasado y del proceso judicial; y Verona, en un segundo cibernético, se tragó su vida, sin dejar huellas.

Advertí la irreversible y rápida manera en que podía perderse la memoria en la edad contemporánea del ciberespacio.

Estaba angustiado por los graves efectos que podía causar en Verona la pérdida definitiva de sus escritos y en especial me preocupaba que eso cortara el hilo de su escritura, mientras el Masticador de la República Francesa me seguía dando vueltas, lo veía al escribiente masticando hoja por hoja y salvando a tantos condenados, y a Josephine, la esposa de Napoleón.

En realidad lo que percibía era la incidencia que tuvo para la historia comerse la historia. Pensé que quizás esta última comilona era obra de un *hacker* o de alguna deidad informática moderna que yo desconocía. Lo que no quería era volver a escuchar su lamento con nuevos quejidos de un miedo inusual.

Pensé que, si los archivos de Verona cayeron en el olvido del río informático, tal vez Lette participó en el extravío. Esa noche navegué entre cavilaciones, y en sueños vi combatir a Lette y Mnemosine como dos gladiadoras.

CAPÍTULO 4

Verona se alentaba, debía dejar de lamentarse como la llorona mexicana en la película Frida, guste o no, lo que decía la *Biblia* era verdad: hay que morir para volver a nacer; olvidar para escribir una nueva historia y nada era un azar total. Ella repudiaba postularse víctima y pese a que los agujeros de su nariz resoplaban bronca caliente, se repetía: *No hay mal que por bien no venga, esta es una señal, un rayo asesino y yo fui la autora, sé bastante de mi condición de asesina, no es necesario que me la recuerden, sé cuánto lo maté y no como cuando pequeña y deseaba que papá se muriera; de niños, todos matamos alguna vez a nuestros padres, cuando nos ponen en penitencia, nos dan una paliza o nos niegan un permiso; o en aquella ocasión cuando dije a mamá que si no quería vivir que se matara, era una provocación para que reaccione y saliera de la depresión, pero en su proceso de extinción no oía voces externas. Yo me refiero a lo que sucedió frente al mar.*

Oí cómo se entreabría una puerta en la cabeza de Verona, lenta y crujiente, cerrada con alforjas y candados. Su mano derecha tomó la birome como un picaporte, sus ojos viajaron años para atrás y se internaron en un túnel rojo, tal vez hacia su infierno y escribió:

Cuento asesinado

"Hace dieciocho años lo maté. Debo contarlo en primera persona porque fue mi culpa y tengo que asumirla. Yo no era una sirena, era una mujer y quería que la Muerte me liberara. La llamé con tanta fuerza que vino a buscarlo, él era la causa de todas mis angustias y la solución más sencilla era que desapareciera. No tenía valor para dejarlo, él no me amaba y yo insistía: si se muere acaban las tristezas, los conflictos, todo sería más fácil. Tanto le supliqué, que vino a llevarlo. Esa sombra fantasmal y caníbal me escuchó. Quizás la Parca estaba de vacaciones en Brasil, en una ciudad costera y diminuta, como nosotros.

Un mar cálido, arenas aterciopeladas, rugidos sensuales y espumas vanidosas asediaban la casa donde nos alojamos.

La cité, desesperada de soledad profunda y joven, incendiada por el paisaje erótico y tropical. Nuestra ruptura aparecía reincidente, como las crestas. Inevitable. Quién podría contra un movimiento digitado por quién sabe qué artífice. Quién podría contra la fisura de nuestro matrimonio que se producía paulatina e indetenible como la separación de los conti-

nentes. Sucedería. Quién sino la muerte podría consumar de un golpe esa obtusa extinción que prolongaba el dolor.

Como la eutanasia, a un final anunciado, apurarlo y detener la agonía, ese era mi único plan. La Muerte, siempre atenta, encapuchada, vestida de crimen se presentó esa noche, en el living de la casa que alquilamos, frente al azul.

Dormíamos en el piso. Las casas que bordean el mar no acostumbraban tener ventiladores ni aires acondicionados por las salinas que los oxidan. Las reducidas ventanas de las habitaciones nos obligaron a buscar la frescura del living. Transportamos el colchón matrimonial y lo ubicamos en el suelo a un costado de las puertas corredizas que daban al patio, al mar; las abrimos permitiendo que la bruma marina entrara a bocanadas.

Por allí ingresaron los cuatro. Cuatro hombres armados.

Dormíamos. Alguien silencioso, pasó y entró al cuarto donde dormían nuestros hijos pequeños.

Allí se había trasladado mi suegra cuando escuchó voces extrañas y supo que algo malo pasaba. Intuyó el peligro y se escabulló para protegerlos.

Cuenta ella que una sombra negra penetró despacio por la puerta entreabierta, que se agachó y que los fue recorriendo con el arma como si fuera un lápiz, marcaba sus contornos, para grabar sus tamaños o para dejarles impreso el miedo y enseñarles para siempre su fragilidad.

Me he preguntado por años: ¿En qué parte del inconsciente infantil de mis hijos habrá ido a parar ese asesino? Tan pequeños, mis niños... y la muerte acechándolos, tan cerca.

La que se despertó primero fui yo.

Hundida en el colchón di un medio giro y encontré a un tipo parado en la esquina de la cama, apuntándonos con una pistola. Desde el piso me pareció muy alto y flaco.

Después vi al otro, también de pie, al lado de Mariano, a mi derecha. Ya van tres.

A ese lo recuerdo más agachado, inclinado, con la culata del revolver saliéndole de la mano levantada, lista para encajársela en la cabeza a Mariano.

—Mariano, y estos ¿quiénes son? —dije zamarreándole el brazo para introducirlo en la película de horror que iniciaba su primera escena.

Él, instintivo, macho asediado, rey de la manada, observó, relojeó a los dos, se sentó sin apuro, como si tuviera calma, y elevó la espalda sobre el aparador del living.

Él, que hablaba tan poco, comenzó a repetir:

—¿Qué querés, hermano, decime qué querés? Yo te doy lo que quieras...

Mientras, con el brazo derecho levantado y doblado, formaba un escudo y trataba de proteger su cabeza del amenazante culatazo.

—Querés dólares, decime que querés, no nos hagas nada, yo te doy, decime hermanito qué querés.

—Voltare, voltare —decía el muchachote de unos treinta años que seguía en la esquina del colchón apuntándonos. Vestía zapatillas y bermudas, era blanco, tenía el pelo lacio y cara de laucha, yo podía

distinguirlo desde la posición horizontal en la que continuaba hundida.

—Dice que nos demos vueltas —traduje. Estaba estúpida.

Mariano no pensaba ni remotamente darle la espalda, era el macho cuidando sus crías y su hembra. Seguía examinando la situación, olfateando, mientras hablaba cada vez más fuerte. Se mantenía alerta como presa de caza. Los entretenía con palabras y con brazadas a cada intimidación del tipo que intentaba culatearlo y dejarlo inconsciente. ¿Para qué inconsciente? ¿Por qué no pedían plata, algo?

En eso, apareció en escena el cuarto maleante, por mi izquierda, también armado y apuntando, de piel blanca, cabello negro y rizado.

Parecía el jefe, porque habló dando órdenes y a nosotros se dirigió en buen español.

—Vos, flaco, no me mirés, no te des vuelta, no me mirés la cara te digo, caminá para afuera, levantate y caminá, no me mirés, andá para afuera...

Yo lo miraba a él y a todos y nadie me decía nada. ¿Iban a matarme? Muerta no podría reconocerlos.

El jefe estaba parado en medio del pasillo que conducía a los dormitorios.

Después, reconstruyendo, supimos que mientras dormíamos entraron y recorrieron la casa. Pero no toda.

Yo no lo sabía, pero Mariano hablaba cada vez más fuerte con intención de despertar y alertar a su padre. Lo llamaba.

Yo seguía acostada, estatuita, lo único que repetía mi voz era: «Mis figlios mis figlios», que es italiano, pero en portugués filhios suena parecido.

En verdad, nada puedo contar con certeza, porque nada es real o irreal cuando se está dentro de una bolsa negra que cae al agujero del absurdo brutal.

El código de los hombres funcionó.

Mi suegro apareció por el pasillo, sigiloso, convocado por las voces de su hijo, y sorprendió al jefe de la banda. A mi suegro no lo registraban. Los agarró desprevenidos, se prendió con rapidez y habilidad de las manos del delincuente que sostenía el arma que nos apuntaba desde la izquierda, a un metro del colchón.

Quedaron amarradas las cuatro manos, las de mi suegro y el delincuente, nunca se soltaron, lucharon todo el tiempo atados a la pistola, que a partir de ese momento apuntaba al piso. Eran garfios que combatían por ganarla.

La aparición de mi suegro y su lucha con el jefe, motivó que los otros dos levantaran a mi marido y lo empujaran hacia el patio, no los vi más. Lo introdujeron en la noche, en la boca del horror y en los rugidos del mar, lo desaparecieron.

Entretanto, mi suegro y el jefe pasaban por encima de la cama pisoteándome, hasta detenerse contra la puerta-ventana, sin dejar de forcejear por el arma.

Recuerdo que busqué algo contundente, un jarrón; como en las películas, quería pegarle en la cabeza. Estúpida, hacía el papel de idiota en un film policial. Igual me movilicé, llegué hasta ellos que seguían con las manos liadas, y me lancé a los rulos del delincuente. Me sujeté de los pelos para golpear su cráneo contra el marco de metal, cercano a la parrilla, donde hacía escasas dos horas saboreamos mariscos y degustamos vinos argentinos.

Estaba en posición incómoda y no lograba golpearle con fuerza la cabeza. Pensaba: Si se le escapa un tiro me agujerea la pata, y quería alejar los pies del círculo que formábamos los tres.

Se me escabulleron o yo los dejé cuando oí el primer disparo. No lo sé. Ellos siguieron tironeando por el arma a la altura de sus penes, que colgarían flácidos, supongo, no sé cómo juega la adrenalina en el pene en situaciones de peligro extremo.

En ese infinitésimo segundo el primer tiro atraviesa mi cerebro. Giré hacia el lugar de la explosión que detuvo las olas. Corrí hacia el espanto y vi a mi marido arrodillado sobre el piso de piedras filosas, peleando por el arma, en cuclillas, con uno de los delincuentes, mientras el otro, el que había disparado, escapaba internándose en el horizonte de la playa.

Yo no sabía que en ese momento Mariano estaba herido. En mi imagen está tironeando por la pistola, en la misma forma que lo hacía su papá, mientras me aproximaba.

Me detuve en el núcleo de la locura, ante una lucha que duró escasos segundos más. Se separaron de golpe. El delincuente se liberó de las manos de Mariano, triunfante, con el arma. En el instante en que yo estaba a un metro de Mariano arrodillado, el tipo le disparó a quemarropa, en mi cara, como si nada, lo reventó desde arriba. Apuntó y tiró con la misma naturalidad con que se apunta y arroja un papel al basurero.

Era el segundo balazo.

Lo miré espantada y le grité: «Hijo de puta».

Qué podía hacer, allí petrificada, en medio de la sinrazón. Alienada.

Y el hijo de esa misma madre se fugó. Lo fulminó peor que a una perdiz o a un pato silvestre que por lo menos se le concede distancia y alguna ventaja.

En los confines del horror, yo seguía vertical, haciendo equilibrio sobre el piso de piedras que punzaba mis pies y me recordaba que estaba viva.

Mariano, baleado en el piso, sangraba.

Volvieron los tiros.

Roté la vista y se reconstruye la figura de mi suegro, de perfil, con ambos brazos estirados hacia el frente sosteniendo la pistola y disparando, en paralelo a la orilla, a un hombre que corría y se achicaba. Pung, Pung.

«Guardá las balas por si vuelven».

Me repregunto cómo pude gritar esa pelotudez. Pero tenía miedo que regresaran. Los sentía. El viento los traía de vuelta. Nos rodeaban.

Mi suegro logró sacarle el arma y disparaba al delincuente. Conocía de armas, de tácticas defensivas y balearon a su hijo. Qué habrá sentido al verlo derribado desangrándose. Solo las consecuencias pueden dimensionar su angustia. A escasos seis meses de la tragedia, mi suegro falleció. A los cincuenta y nueve años. Su muerte se adelantó y supe por qué.

Yo seguía paralizada, blanda, mirando el vacío con cara de esperpento y de boba, junto a mi esposo tirado que temblaba sobre las piedras.

Cada vez que me vuelvo a parar en ese patio

tengo la misma enajenación, como esos locos en los manicomios que no miran y la cabeza les cuelga y bambolea como marioneta, suspendida, unida por un palo o un hilo. La misma imagen, el mismo extravío.

De repente, sentí a la señora Muerte a mis espaldas. No iba a voltear para mirarla, estaba acechando porque yo la llamé y ella vino por él, por todos o por cualquiera y a mí me perseguía. Se infiltró mientras el pánico me subía por las piernas. Después me recuerdo con los brazos abiertos golpeando enormes persianas de la casa vecina, puertas de madera, gigantes, que yo intentaba demoler. Golpeaba crucificada con la espalda al mar.

No sé cómo llegué hasta allí. Mi suegra me hizo reaccionar cuando me dijo:

—Hay que buscar ayuda, andá a pedir ayuda.

Ella me encontró en cuclillas, en las márgenes de Mariano que estaba caído de boca y tenía un agujero en medio de la espalda, a la altura de la cintura, enorme. Mis ojos se unían al ojo rojo que señalaba el centro de su cuerpo. Estábamos tiesos, fusionados en el punto donde se reunía la sangre y el horror, cuando me dijo:

—Dame vuelta.

—No, Mariano, te tengo que dejar quieto, no te muevas por favor.

—Dame vuelta que me ahogo, no puedo respirar.

Lo ayudé a girar y otros dos ojos de sangre miraban el cielo, uno en su vientre y otro en el pecho, en el ángulo superior izquierdo.

Entonces comprendí por qué se ahogaba. Allí

estaban los dos tiros. Uno cercano al corazón, y otro en su estómago.

—Por favor no te muevas —dije mientras pensaba: Por Dios lo partieron por la mitad, nos partieron de verdad.

—Tengo frío —me dijo.

Su madre lo habrá escuchado, porque reapareció con una sábana o una manta y lo tapó.

Yo corrí. No veía, corría. Tropecé con un muro, resbalé, caí, rasgué mis piernas, el miedo y el camisón, esquivé la pileta y las macetas, hasta que llegué a las persianas clausuradas.

Lo atroz era sentir la espalda desnuda, expuesta a que un balazo la traspasara. Estaba segura que me apuntaban.

No recuerdo cuándo abrieron la puerta ni cómo regresé a mi marido sobre púas de lajas que seguían tajeando mis pies. No sé por donde llegaron, si por atrás o adelante del mar, solo recuerdo que dos jóvenes brasileros trajeron una reposera y subieron a Mariano en ella y lo cargaron en su auto. No consigo dibujar si en esa rural entró la reposera o lo acostaron en el asiento de atrás. No hay huellas de memoria sobre esas ruedas.

Sé que Mariano se puso de pie en el patio, que caminó algunos pasos, que estaba vivo.

Siempre comparé esa imagen con las películas de vaqueros, en las que le pegaban dos y tres tiros al héroe y seguía caminando y yo pensaba que era un truco cinematográfico. Hoy sé que no. Con balas en el cuerpo se puede caminar y hablar.

No recupero los nombres de los vecinos, no registro las voces de sus rostros, solo sé que en uno de ellos corría sangre 0 positivo.

Grotesco: unos brasileros fueron a matarlo y otros a salvarlo. Ninguno tenía nombre, pero todos eran hombres.

Se lo llevaron y el terror se quedó con nosotras. Mi suegro no estaba. Nos dejaron solas. Dos mujeres y los niños sometidos al pánico que se apoderaba de la casa abierta, sabiendo que podían reaparecer por cualquier lado. Cerramos la puerta del frente con llave y cuando intentamos trabar las del patio, descubrimos que estaban rotas y ellos vendrían a matarnos porque les vi la cara.

Mi suegra estaba más alerta que yo:

—¿Dónde están los documentos? ¿Y la plata? —preguntó.

—Ahí, en un cajón del aparador con el reloj de Mariano, no se llevaron nada.

Eso fue lo insólito y el enigma, no tocaron, no pidieron, no sacaron nada. A qué vinieron, nos preguntaríamos por siempre y aún seguimos naufragando entre escenas tratando de comprender. ¿Y ellos, los delincuentes, alguna vez entenderían sus actos?

Cuando nos percibimos indefensas, rodeadas de niños, de cabecitas de cabellos suaves que cubrían la ignorancia del peligro, buscamos auxilio.

Un policía llegó a la casa y nos preguntó en portugués, contesté en español que se fugaron en un auto. No sé cómo lo supe, quizás al cerrar la puerta los vi huyendo. El policía entendió y se marchó.

Yo le pedí que no nos abandone... Nos omitió y

otra vez quedábamos desérticas. Dos mujeres y tres niños.

Pero alguien debía salir a la calle por ayuda. Me resistía, iban a rastrear hasta encontrarme, les vi la cara.

Mi suegro se había ido con el auto a la policía y seguía demorado. Debíamos movernos.

Me animé y golpeé la puerta de la casa vecina. Una señora atendió y habló en portugués, pero nos comprendimos porque busqué a los míos y entramos. Era la madre de los jóvenes que llevaron a Mariano.

Esa familia brasilera nos dio cobijo, el techo transitorio más fuerte que conocí en toda mi intemperie.

Esperamos no sé cuánto; en sucesos como esos el tiempo es más relativo todavía. Sonó el teléfono. Los jóvenes avisaban que estaban en el hospital.

Pronto averiguaría que era un centro de salud básico, desprovisto de recursos humanos y de equipamiento.

¡Qué poco recuerdo de los jóvenes que regresaron con la reposera vacía! Eran atléticos y de rostros limpios. Luego me acercaron hasta una casa donde se alojaban amigos argentinos.

Entré desesperada, dormían con el colchón en el patio que daba al mar, más expuestos que nosotros. Allí estaba mi amigo Juan Manuel, el arriesgado. A ellos no los eligieron.

Les advertí: «Los delincuentes podrían estar merodeando la zona». Aun veo al colchón volar y entrar por la ventana.

Fuimos al hospital. Hallé a mi marido solo en

una camilla y en una salita blanca, pelada y huérfana. Vivía. En soledad estuvo luchando contra la Maldita y nunca supe cómo fue el encuentro ni de qué hablaron. No sé si ella le contó de mis llamados.

Y comenzó otra pesadilla. La segunda parte de una película nunca imaginada. Porque la muerte tiene dimensiones, disfraces, fases y fauces ignotas. Es desmesurada para mi imaginación. Lo paradójico es que cuando la conocemos, ya no podemos contar de ella. He aprendido, en cambio, a distinguirla cuando se acerca, a reconocer la fragilidad de mis noches, a olfatearla, se ostenta en pájaros negros de sonrisa lujuriosa.

Entramos al centro de salud. Un médico se quitó la bata, me tomó del brazo, me llevó a una esquina y dijo en portugués bajito que mi marido tenía dos disparos, que una de las balas salió por la espalda y que la otra todavía estaba dentro, que no tenían aparato de radiografía y que para saber qué hacer, debían conocer el recorrido de los proyectiles y la ubicación. Que no quedaba mucho tiempo, Mariano se estaba desangrando. Lo estaban transfundiendo, pero debíamos llevarlo a un hospital. Que decidiera.

Fui a la sala donde estaba Mariano con suero de sangre, despierto. Me miró con tranquilidad y dijo que tenía frío. No sé si le tomé la mano, si acaricié su rostro, no recuerdo, solo sé que quería retenerlo.

Reapareció el médico y repite que hay que trasladarlo a una gran ciudad cercana, que prepararía su auto, no tenían servicio de traslado.

Asoman maniobras de hombres convirtiendo a una rural en ambulancia, colocando a Mariano con la botella de sangre y un médico argentino a su lado. Porque entre los que veraneaban allí, había amigos médicos, que en pocos minutos estuvieron junto a nosotros.

En el segundo coche, como un cortejo, nos trasladábamos Juan Manuel y yo.

Nunca supe cuál joven tenía la sangre positiva que permitió a Mariano llegar vivo a la ciudad. Sangre fresca de manantial.

Para no creerlo, llovía a raudales. La ruta fue una travesía contra el tiempo de Mariano y la tormenta. El asfalto chorreaba, ráfagas de agua ametrallaban los cristales y adelante un auto extranjero llevaba a mi esposo con frío y dos balazos.

Llegamos a la guardia de un hospital. Cuántos mundos. Caían apuñalados, mujeres golpeadas, hombres baleados, un niño cortado, otro quemado.

Bajaron a Mariano con vida. Cruzó la tormenta. Ofreció la vida por nosotros y la Parca no se la tomó. ¿Otra señal?

En la sala de rayos, un médico me alcanzó un papagayo para que orinara. Dios mío, tomar su pene que tenía para mí solo un aspecto sexual, con el cual jugábamos, disfrutábamos, engendrábamos, nos amábamos o nos olvidábamos. Mariano, más consciente que yo, sabía de la trascendencia del acto. Él siempre supo que estaba caminando por la cornisa. Con voz queda me dijo: «Decime si orino sangre». Lo miré aterrada. Por qué se le ocurría eso, si el médico dijo que era importante que orinara, nunca habló de sangre. No quiso que lo ayudara, pudo solo y con sangre. Escondí el recipiente. «Mostrame», dijo. «Está todo bien», respondí. «Quiero ver», insistió. Y al hacerlo cerró los ojos y no habló. Él y la Parca seguían dialogando y me dejaban fuera.

Un enfermero se lo llevó escoltado por dos médicos amigos que hacían un gran esfuerzo para mantenerse profesionales. Era sábado y bebieron cerveza hasta la madrugada.

Seis horas esperamos con Juan Manuel.

El silencio hospitalario es diferente a todo otro silencio. Quizás es el que necesita la Muerte para tomar una decisión de irse o de quedarse. Es un silencio ajeno. Blanco. Intocable. De pasillos largos.

Nos dieron un primer parte.

—Verona, una bala está incrustada en su clavícula izquierda, que la detuvo. La otra entró por el vientre, atravesó el bazo y salió por la espalda. Al bazo se lo sacaron, si no fuera porque el balazo entró y salió sin romperlo pudo sobrevivir, en caso contrario se hubiera desangrado antes de llegar. A la otra bala no la tocamos, hay que esperar y ver si se mueve. Los proyectiles entraron de tan cerca que no se desperdigó la pólvora.

—¿Y la columna? —pregunté con temor.

—Tuvo suerte, el hueso desvió el proyectil y no tocó la médula.

—Verona, nos vamos. Cualquier cosa llamanos. Va a estar bien.

Gracias, habré dicho, quizás los abracé.

Mariano salió del quirófano más que dormido. No se parecía a mi esposo.

Lo mantuvieron anestesiado, casi dos siglos o días, ido, ausente, y al décimo tercer día sufrió una recaída que me quebró. Otra vez a solas con el pánico.

Juan Manuel ya no me acompañaba.

Quedamos los cuatro: Mariano, su narcosis, el horror y yo.

Él libraba su propia batalla contra la Parca.

Yo luchaba contra su fantasma, la cité para que aligerara mis estúpidas angustias amorosas, porque todo se vuelve insignificante, ante su omnipotencia. Y ella hizo un largo viaje y querría cobrar. Lo sucedido no la contentaba. Vendría por alguien, no acostumbraba regresar sin llevar presas en su costal.

Entre paredes de azulejos y pisos blancos, enfermeras y pasillos blancos que mostraban el camino hacia el final... Ella se alejó. Cuando iba a explicarle que la llamé por error, que en realidad solo quería que matara la tristeza, que asesinara las agonías del amor, fue cuando se me escapó y me dejó a solas con los asesinos.

Ella regresaba a ese pueblo maldito al que fue citada.

Allí se encontró con mi suegro que retornaba de la estación de policía, donde fue demorado para brindar declaraciones, satisfacer interrogatorios intimidantes y entregar el arma que arrebató al jefe de la banda, era un hombre recto y honesto.

Cuando él volvía a buscar a su hijo que quedó baleado en el patio, en el camino de regreso a la escena del crimen, se encontró cara a cara con la Muerte que regresaba del hospital y le dijo, yo sé qué le dijo:

—No te lleves a mi hijo, es muy joven, tiene hijos pequeños que lo necesitan, una familia por criar y una mujer que ama, tomame a mí que ya he vivido, mi vida por la de él. Te lo ruego, dejalo vivir.

Así debió pactar mi suegro con la Parca y como era un hombre de palabra y honor, la respetó. A los seis meses se concretó el trueque. Cuando su hijo Mariano estuvo fuera de peligro, cumplió su promesa. Ingresó al túnel inundado de luces vistiendo la túnica alba de las muertes pacíficas y dignas. Llevaba grabada en su última mirada, la imagen de su hijo junto a su familia caminando de la mano de sus pequeños, en la orilla de un río argentino.

Vuelvo atrás, al hospital asediado por los asesinos que me buscaban. Mariano seguía sedado. A mi me cegaban las paredes pobladas de fantasmas que en la noche cobraban vida, jugaban a acorralarme en una danza siniestra y guerrera. Se detenían y nos apuntaban. En esos hombres se reencarnaba la muerte y solo cabía el espanto.

Recuerdo que en la oscuridad emitía aullidos de loba para ahuyentar a los monstruos. Pedía a la lluvia que barriera la suciedad, la maldad. Necesitaba lavar. Daba lampazos con las manos contra las paredes para borrarlos de los muros de la habitación y de los pasillos del hospital. Quedé sola con el miedo al humano, a punto de enloquecer o loca. Se repetían las escenas, los disparos. Me brotaba un pánico repulsivo.

Quería dormir como Mariano, pero no podía. No pude por meses.

Cuando un ejemplar de tu misma especie te enfrenta y dice: «Soy tu muerte» se rompen los espejos. ¿Quiénes somos? Bestias de bestias. Caníbales. Bárbaros.

Aprendí, en aquellas vigilias, que no es un fantasma que ronda y amenaza, la muerte nos habita.

Cuando el otro, tu igual, es un asesino, hacés implosión y el polvo queda dentro de tu cáscara de piel.

¡Cómo dar a los niños de las guerras una explicación que los consuele y los salve! Una vez que se conoce la magnitud del odio, ya no vivís en paz, temés que se libere tu asesino interior y dudás de que nos hayan creado a imagen y semejanza de Dios.

Pobre Dios, no lo conozco, pero tengo lástima de su criatura malvada.

¿Qué sustancia nos recorre cuando somos perversos?

Antes, tenía una teoría para explicarme las guerras, creía que una ley natural, un mandato genético, producía las matanzas para la sobrevivencia de la especie humana. ¿Realismo ingenuo? ¿Solipsismo? ¿Orden en el caos? ¿Qué hicimos del humano que olvidó la compasión y se sacia con la muerte tuya y mía?

Cuando visualizás a los que dan la orden del misil sobre la iglesia, la mezquita, el hospital, a los que mandan a apretar el botón rojo... a los cobardes energúmenos ocultos, te rompés.

A los dos días del asalto, el diario brasilero de la localidad informó: "Resultó herido con arma de fuego un argentino, como resultado de una contienda familiar entre padre e hijo".

Cómico, ¿verdad? O cómplices de la barbarie. ¡Dioses! Dejadme ir con las abejas al panal.

¿Es verdad, Creador, que de tu lado oscuro no nos cuentas?

Qué más puedo contar del horror que ultimó a mi asesino interior.

Cuando me espejé en los delincuentes, eliminé

a mi homicida oculta o se murió del susto, nunca más maté a nadie en mi cabeza y los sicarios huyeron. Los muros del hospital volvieron a brillar su blanco limpio y Mariano despertó".

La mano de Verona se detuvo, caminaba en medio de un pasillo hacia una puerta de dos hojas de vidrio. Había soltado el hilo del cuento. Aun así, escribió con mucha suavidad:

"Quizás sea hora de que me perdone por aquellos homicidas pensamientos. Fue suficiente castigo tratar cara a cara con la Muerte". Verona quedó dormida. Demasiadas muertes para una sola noche.

CAPÍTULO FINAL

En la mañana Verona se levantó con el rostro desfigurado. Caminó. Fue a desayunar con su familia, no tenía fuerzas para tratar en soledad ni con la taza de café.

Ingresó al dormitorio, lo miró con tristeza opaca y larga. Mariano abrió sus brazos y Verona se hundió en el pecho tibio, quedó protegida y cálida sin tiempo.

—¿Qué vas a hacer?

—No sé, estoy destruida.

La acercó más y la impregnó de una mansa estabilidad masculina. Él siempre estaba. Ella lo sabía.

—¿Querés acostarte un rato? —preguntó perdido entre lágrimas de Verona, que crujían.

—Mejor voy al consultorio, tengo trabajo.

En la oficina todos sabían de la pérdida del archivo de poemas y la saludaron como a un familiar del difunto. El día pasó, como pasan tantos días muertos.

Verona proyectaba puntos negros en la pared y allí dejaba sus ojos.

En la tarde tendría taller con el profesor de letras, pero no avisó a Fernando lo sucedido, olvidarlo era una manera de negarlo. La tarde llegó, como llega lo que esperamos y lo que no.

—Hola, Verona, disculpá el retraso.

—No hay problema Fernando, no tenemos nada para hacer.

—Faltan revisar unas poesías todavía y la fecha del certamen está pronta.

—No están más los poemas.

—¿Cómo que no están más?

—Perdí todo el archivo y no puedo recuperarlo.

—¿Cómo que perdiste el archivo?, ¿probaste con un técnico?, algo habrá para rescatarlo.

—Lo borré, no lo perdí, lo borré.

Fernando comenzó a rascarse la cabeza como en las mejores comedias en busca de ideas.

—Trabajemos sobre los borradores.

—No hay nada en papel, los iba tirando a medida que los grababa. Y no me preguntes si tenía *back up* o CD porque todavía no aprendí a hacerlo.

—Si me los mandaste, los tengo en mi PC.

—No, fue antes.

El docente recién entendía y su empatía enriquecida por su oficio de escritor, lo conmovió. Tanteando el campo preguntó:

—¿Y los cuentos que estuviste escribiendo?, esos relatos que llamas "raros", ¿dónde están?

—En mi cuaderno, todavía no los pasé.

—Y bueno, leelos y trabajamos sobre ellos.

Verona lo miró como diciendo “no me engañás con este artilugio consolador, es changa pichanga, me da lo mismo”. Se levantó sin convicción, como robot y con desaire.

—*Cuento violento* está en virgen, no lo corregí.

—No importa, dale, me interesa conocer tu narrativa.

La frialdad de Verona se fue alejando a medida que la historia salvaje retumbaba como el hacha en el monte y su voz se teñía con los taninos del quebracho.

El docente la urgió para que no regrese al dolor:

—Me gusta ese juego de la entrada del pasado como un diario, leé el otro, por favor. Eran tres historias, ¿no?

—Sí, el segundo se titula *Cuento violado.*

Verona leyó interrumpida por su confusa caligrafía, parecía caminar sobre un hilo finito e íntimo de donde Fernando no podía prenderse, a él le bastaba imaginar las aguas femeninas para sentir las corrientes y remolinos del río de las hembras donde se bañan los hombres. También veía cuánto podía secarlo la brutalidad masculina, mientras percibía la importancia de que los hombres oigan la versión de las varonas.

Cuando llegó a la desembocadura, Verona preguntó:

—¿Se trasmite la violación en la voz de la protagonista?

—Sí, es fuerte y hay vinculación con el anterior, vayamos por el tercero.

Con voz grave, desde la matriz, dijo, este es un *Cuento abortado.* Fernando lo escuchó mientras sus contornos se achicaban. Verona no se animaba a levantar los párpados, debajo había una pequeñísima tumba blanca.

El profesor se sentía extranjero de la maternidad, de la cueva de gestación y de esa muerte culminada por un frío y filoso metal. Para cualquier hombre era otra dimensión. Comentó: «Es más hermético y con imágenes intensas, está logrado. ¿No te parece Verona, que esta trilogía podría ser el punto de partida para una novela? Pensalo», dijo y preparó su portafolio.

Verona lo miró descolocada, estaba saliendo del funeral de sus poesías y Fernando le proponía reinventarse. Podría ser un comentario piadoso, lo cierto es que de pronto apareció en su psiquis la piel vacía de la víbora. Una señal. Verona no vio a la serpiente, solo a la máscara, pero sabía que no murió, que sobrevivió bajo una piel fresca, de colores vivientes, reptando. ¿De poeta a novelista? ¿Mariposa, oruga? Y aquel sueño de los huevos y ella pujando por salir para entrar a un óvulo nuevo y transparente. Otra señal.

Fernando la interrumpió: «Se hizo tarde. En el próximo taller trabajaremos los cuentos. Hay material allí, fijate cómo entrelazarlos, te recomiendo leer cuentos de Cortázar y *Relaciones Peligrosas* de Choderlos de Laclos», y se marchó dejando la impronta de lo posible.

Verona volvió a la *notebook*, se posicionó ante la pantalla, apretó el ícono *new* y comenzó a tipear el primer cuento. Otra vez del papel a la computadora. Al concluir, en la función *guardar como* tecleó el nombre del nuevo archivo: *Margarita.*

Se levantó, estiró su cuerpo, su piel tenía más

elasticidad. Dejó el taller y caminó la distancia que la llevaría hasta su esposo. Cuando abrió los portones de su casa, ingresó a la galería colonial y descubrió en el fondo la figura de Mariano regando el jardín. Se acercó sin prisa, el reloj de su vida se había detenido el día anterior. Un halo tibio y verde la cobijó. Ese rincón vegetal y húmedo la esperaba, era la mansedumbre de lo conocido, la protección de lo familiar, fluía la savia del árbol genealógico, las raíces de las enredaderas se entrelazaban con las suyas y los perfumes la guiaban por un camino andado.

En el desorden de las plantas reconoció la ausencia de su tijera femenina y de sus manos pintando rincones con alegrías del hogar y geranios.

Mariano detuvo la bordeadora y la recibió abrazando la fragilidad que traía Verona, cuidando de que no cayera. Ella rodeó el cuello de su esposo y dejó caer el peso de su cuerpo. De pronto se vislumbró pendiendo y recordó el nido con forma de ánfora que encontró caído en el pinar de Santa Cecilia, el que tenía un ojal para colgarse y evitar que los vientos lo azoten. Sus brazos, un ojal. ¿Otra señal?

Se desprendieron y charlaron sobre la huerta, la menta que avanzaba al césped, la albahaca que no se hallaba y la palmera que tendrían que podar.

Mientras regresaba al centro del jardín su mente repitió un verso de Fracchia, del poeta que cada tanto le tendía una mano: *"A veces la vida se nos cae, entonces, desesperados, la inventamos de nuevo"*.

Mariano quedó terminando su tarea y Verona se sentó frente a una mesa redonda y recordó: *Trilogía, los cuentos forman una trilogía, dijo Fernando.* Pero ella se olvidó de contarle que la noche de la masacre de poesías, escribió un *Cuento asesinado*. Decidida, buscó en la pieza trasera un cuaderno que quedó rezagado de sus noches de insomnio, lo sacó al patio, lo abrió al medio, al azar, y sintió que un viento entraba en su mente, como si hubiera empujado las dos hojas de una puerta blanca y se abriera su cabeza. Nunca más las volvería a cerrar, nunca más dejaría que algo o alguien la clausurara, y comenzó a derramar palabras que caían con fuerza, como las gotas que regaban el jardín.

A ese ámbito musical de agua entraron corriendo su nieto y su hija. La saludaron con inocultable alegría de verla allí. El nieto le mostraba el dibujo que acababa de hacer, cuando la voz de Mariano lo interrumpió:

—La *Abu* está escribiendo, no hagan ruido. *Airman*, andá a jugar con los héroes, que te están esperando.

Verona sonrió libre, sabedora del lugar que abrían esas palabras escasas, pero suficientes en su marido. El espacio que ella reclamaba estaba reconocido, era todo lo que necesitaba, el resto vendría con el tiempo.

El riego comenzó a impregnar de magia el patio familiar, arrastraba el polvo y la seductora metamorfosis traía de vuelta los colores y el brillo. Contagiada, reverdeciente, Verona graficaba metáforas, debía descamarse como decían sus cuentos, empezar por el principio, pujar, nacer. ¿Y dónde estaba el principio? No lo sabía. Afloraba entre sus manos, la madrugada gris que hizo *crack* y se fugó, una mujer sobre una vereda oscura, abrazada a una almohada, en inflexión, buscándose debajo de un camisón leve. Escribía apresurada, su mano tenía velocidad y circulaba autónoma por las autopistas del cuaderno, a ritmo vertiginoso. En una de las curvas, cuando desaceleró, alzó la vista. Mariano la estaba observando con el rostro calmo y complacido.

— ¿Querrías tomar unos mates?

—Me encantaría, no me di cuenta del tiempo que pasó.

—El cuaderno te ilumina la cara —dijo él.

Verona sonrió con extrañeza, no era un comentario normal en su marido.

—Vayamos arriba que empezó a refrescar, ¿te parece?

—Dale, de paso busco en el diccionario una palabra.

Subieron las escaleras y el equipo de mate quedó en medio del escritorio. Verona fue directa al imponente diccionario de la Real Academia Española que heredó de su padre. Indagó y leyó para ella:

***"Trilogía**: Reunión de tres tragedias que presentaban los antiguos poetas dramáticos griegos aspirantes a la corona del mérito, y los cuales constituían la parte principal de la tetralogía".*

Corrió las hojas para adelante:

***"Tetralogía**: Nombre dado entre griegos a cuatro piezas dramáticas de un mismo autor, de las que las tres primeras eran tragedias y la cuarta satírica o bufona, y que tenía por objeto obtener la victoria o el premio en los certámenes literarios".*

Leyó otra vez mientras bamboleaba su cabeza y repetía:

—No lo puedo creer, no lo puedo creer.

—¿Qué pasa? —preguntó Mariano.

—Es creer o reventar —dijo Verona, con ojos exaltados. Mis cuatro cuentos, perdí todas las poesías, pero podría escribir una novela, ¿otra señal, un indicio? ¿La vida nos habla con signos? Y mientras tramaba, escribía vertiginosa.

Mariano nunca terminaba de asombrarse ante la capacidad de Verona de cambiar sus estados anímicos de manera repentina y extrema. *Cómo puede ser, el día anterior se quería morir y ahora está encendida.*

—Nada —contestó, retrasada, al esposo que la observaba.

—¿Te hace bien? —preguntó Mariano mirando el papel atestado de palabras mientras seguía pensando, *su mano tiene pila, ¿cómo se puede escribir tanto?*

—Me apasiona —dijo Verona—. Pasa que me sorprendió una palabra, no tenía idea de lo que quería decir y coincide con algo que pasó, es muy extraño.

—Preparo la cena mientras escribís, ya son más de las once, te aviso cuando está. —Se inclinó y la besó con dulzura.

—Bueno —respondió hermética, lo miró con intensidad y vio en los ojos verdosos de su marido un campo abierto, ella podría cabalgar libre en esas tierras. Se repitió que lo demás vendría por añadidura, así decía su madre, al amor solo le gusta entrar en mentes libres de puertas abiertas.

Mariano se alejaba, sin prisa, y apuesto a que pensaba: *Esta mujer es potrilla de campo abierto, domada pierde su encanto.*

Fue increíble pero Verona la vio. Vio a su madre en el pasillo de su casa, avanzando renga (la vida le había pegado duro) con una sonrisa cómplice. Observaba las espaldas de Mariano, a quien siempre quiso, y luego entregó la mirada a su hija Verona y asintió con la cabeza; *por aquí va bien, hija, hay camino despejado*, le decía.

Verona le respondió por lo bajo: *Viste, mamá, siempre encuentra la forma para que no me vaya, para que sigamos juntos, tal vez es cierto que me ama, tal vez podría empezar a creer que alguien me ama,* cerró los ojos y regresó a su encantamiento.

En ese instante constaté que Verona ya no caminaba sobre su huella mnémica, estaba en su presente y estaba decidida a escribir su propio relato. Ya nada ni nadie detendría su mano de tinta. Estaba en el punto crucial donde se abría su destino. *"El pasado es arcilla que el presente labra a su antojo, interminablemente"*, escribía Borges.

Quizás Lette logró sumergir las penas de Verona en las aguas del olvido junto con sus poesías. Yo no dudaba que el hurto informático fue maniobra de una divinidad pirata. Y créase o no, esa noche sentí doce campanadas, los dioses del Olimpo ordenaban el regreso de las deidades, Lette y Mnemosine habían cumplido su misión. El combate entre el olvido y la memoria estaba resuelto, Verona traería los recuerdos dolorosos hasta las orillas del río, los convertiría en poesías de arena o cuentos de agua, y los embellecería hasta derramarlos en su olvido y en la eternidad de la escritura.

Pero ahora, por fin yo entendía mi obsesión con esta historia y con esta mujer. Estuve presenciando, testimoniando el nacimiento de un escritor, primero deviene el lector ávido, el que necesita leer el mundo y los signos, pero más aún necesita leerse a sí mismo, vislumbrar quién es y cómo es el orbe en que vive, y para eso ella debía sentirse y escribir en absoluta libertad.

Esa mujer develaba que los escritores somos fanáticos lectores que andamos con los ojos abiertos leyéndolo todo y queremos escribir para leernos; nadie podría hacerlo por nosotros, sería el único libro que no podríamos obtener, el que aún no escribimos.

Y yo lo intuí y la ayudé. Y también lo hice por las mujeres amordazadas que todavía no abrían las puertas de sus cabezas y de sus casas, y como decía mi abuela: «Para muestra basta un botón».

Lo que no podía decidir era si yo quería contar su historia o ella quería contar la mía. Suelen confundirse el personaje con el escritor, nadie sabe quién nace a quién, es una historia de nunca acabar, por eso los libros no terminan de escribirse y será el lector quien resuelva el enigma.

Verona bajó las escaleras y regresó al jardín de la noche con su cuaderno, sus ojos se internaron en el movimiento ondeante de las hojas y las sombras.

Entretanto yo veía a Zeus, que esperaba la llegada de las deidades, en la biblioteca de Babel, en medio de una galería hexagonal interminable, colmada de libros y espejos, mientras declaraba: «He leído estos libros más de una vez, busco una odisea terrenal del siglo XXI».

No cabía ninguna duda de que la energía que

conspiró y movió los hilos de esta historia fue la pasión por la lectura. Y sí, todo lector apasionado tiene algo de Dios.

Zeus, al partir, me hizo un guiño desde la biblioteca que crece eterna y periódica como el universo mismo.

Antes de despedirme de Verona espié su cuaderno, ella había agregado:

"La noche se hizo luz en la palabra día".